愛麗絲夢遊仙境
鏡中奇緣

路易斯·卡若爾

Alice's Adventures in Wonderland
Through The Looking Glass

高寶書版集團

Gwynedd.M.Hudson.

閱讀經典　008

愛麗絲夢遊仙境&鏡中奇緣

Alice's Adventures in Wonderland
Through The Looking Glass

作　　者：路易斯．卡若爾(Lewis Carroll)
總 編 輯：林秀禎
編　　輯：楊惠琪
校　　對：江麗秋
出 版 者：英屬維京群島商高寶國際有限公司台灣分公司
Global Group Holdings,Ltd.
地　　址：台北市內湖區新明路174巷15號1樓
網　　址：gobooks.com.tw
E - mail ：readers@gobooks.com.tw（讀者服務部）
pr@gobooks.com.tw（公關諮詢部）
電　　話：(02)27911197　27918621
電　　傳：出版部 (02)27955824　　行銷部 27955825
郵政劃撥：19394552
戶　　名：英屬維京群島商高寶國際有限公司台灣分公司
初版日期：2006年9月
發　　行：高寶書版集團發行 / Printed in Taiwan

國家圖書館出版品預行編目資料

愛麗絲夢遊仙境&鏡中奇緣 / 路易斯．卡若爾
(Lewis Carroll)著. -- 初版. -- 臺北市 :
高寶國際, 2006[民95]
面 ;　公分. --（閱讀經典 ; 8）

譯自 : Alice's Adventures in Wonderland
Through The Looking Glass

ISBN 978-986-7088-88-8(平裝)

873.59　　　　95015893

閱讀經典的理由

小時候，我們每個人都愛聽故事，也愛看故事書，並從中得到了寧靜與喜悅，發現了自己的小天地。但現代人多半忙忙於公事案牘、碌碌於魚米柴薪，沒有空閒更沒有精力靜下心來閱讀，從而與這項最單純的快樂越離越遠。所以，若想要重新體會這分感動，又苦於好書太多，而時間太少，那麼，閱讀經典文學該是最有效率的方式了。

爲什麼說閱讀經典是最有效率的方式呢？要知道，經典之所以被稱爲經典，在於它們的內容經過悠悠歲月與千百讀者的試煉後，其地位依然屹立不搖，其價值歷久不墜，因此值得人們一看再看，並隨著時代的變革賦予新的意義。

閱讀經典系列將各國經典文學重新迻譯，文字雅潔流暢，是最適合時下青年學子閱讀的經典文本。而入選閱讀經典系列的每本書，無一不是深刻雋永，無一不是文壇大家嘔心瀝血之作。盼望熱愛文學的讀者知音們，能夠盡情徜徉在每本書的奇妙世界之中。

1 掉進兔子洞
2 眼淚池塘
3 委員會賽跑
4 倒楣的小比爾
5 毛毛蟲的忠告
6 豬兒與胡椒
7 瘋狂茶會
8 皇后的槌球場
9 假龜的故事
10 龍蝦方塊舞
11 誰偷了餡餅
12 愛麗絲的證詞

愛麗絲夢遊仙境

《愛麗絲夢遊仙境》中的無稽、死亡、與自我正名

劉鳳芯

《愛麗絲夢遊仙境》在台灣最早可見的中文譯本，大概要屬文字學家趙元任先生於民國十年左右譯介之《阿麗絲漫遊奇境記》（水牛），其後此間陸續出現過各種版本，節譯或改寫兼而有之。自一八六五年原著出版以來，《愛麗絲夢遊仙境》不僅以各種語言流傳於世界各地，相關研究更不知凡幾。而在無數英文文獻當中，討論《愛麗絲夢遊仙境》作者路易斯・卡若爾（本名：查爾士・路特威吉・道吉森）的專書或傳記，比之針對文本的鑽研不遑多讓，這當然因為道吉森在數學專業上的表現，以及他於本行之外對於語言、寫作、插畫，甚至人像攝影領域幾近專業的偏執投注，外加他飽受口吃之苦、一生不婚、以及特別貼近小女孩等個人特質，引發眾家偷窺的興趣和挖掘私密的好奇。本文不擬著墨於道吉森個人隱私，不過，惟讀者若能對道吉森年少時的家庭生活切面稍有認識，知道他從小耳濡目染並受到鼓勵的創作方式[1]，或可了解他文字特色的由來。

卡若爾的寫作風格實乃家傳，有卡若爾幼時其父所寫的家書為證[2]。道吉森的父親查爾士・道吉森是一名牧師，亦是一位典型的維多利亞時代的父親。最早替路易斯・卡若爾作傳的

S. D. Collingwood曾提及老道吉森對神聖的事物非常尊敬，所講述的故事從不冒犯聖經，然老道吉森先生卻不乏狂放的幽默感。一八四〇年，時值小查爾士將過八歲生日，而老道吉森先生得出差遠行，在他寫給小查爾士的信中，老道吉森先生保證一定會記得採購小兒所要求的東西。父親告訴兒子：「我一到理茲（Leeds），就會站在路當中大叫，賣鐵的，賣鐵的，我猜不一會兒就會有六百個壯漢匆匆忙忙從他們店裡衝過來——按鈴的按鈴、叫警察的叫警察，小鎮沒兩下就給燒起來了。我需要找一個夾子、一把螺絲起子、還有一具鈴鐺。倘使四十秒鐘之內這些東西還沒找齊，我就把理茲鎮燒得只剩一隻小貓。我想那樣就夠了，因為我可能也沒閒工夫去宰牠了。」老道吉森先生顯然很得意他的想像，繼續在信中描寫小鎮可能發出的各種哀嚎景況：「老女人匆匆爬上煙囪，牛隻緊跟在後，鴨子把自己藏在咖啡杯裡面，胖鵝試著把自己擠進鉛筆盒內，而理茲鎮的鎮長則想把自己佯裝成一塊海綿蛋糕，以為那樣就可以躲過小鎮可怕的毀滅。」老道吉森先生循著一個簡單的概念，窮究其字義至極，而致最後展現出的意義顯得荒謬不合理，這種寫作方式正是無稽或無俚（nonsense）的展現。

卡若爾於《愛麗絲夢遊仙境》書中，透過文字的重組和並置，帶出語言議題。他援用的技巧之一是利用諧音字造成對話雙方在情境理解上的誤會；此舉不但製造幽默，也解構語言用以溝通的目的。舉例來說，假龜與愛麗絲對話時，假龜說他們老師是隻老烏龜（甲魚），可是通常卻叫他陸龜（tortoise），這句話讓愛麗絲很困惑，因為明明是烏龜（甲魚）卻叫成假龜，名不符實，未料假龜竟理直氣壯反駁：「因為他有『教我們』（taught us）」！其後在「龍蝦方塊舞」一章中，假龜說的是「海豚」（porpoise），愛麗絲卻聽成諧音字「目的」（purpose），再度阻礙對話雙方欲透過語言進行溝通的企圖。《愛》書中另一常見的語言遊戲，則是在不違背文法規則的前提下，顛倒文字排列順序，製造對話雙方雞同鴨講的無俚，例如在「瘋狂茶會」章節中，三月兔要求愛麗絲「怎麼想就怎麼說」（You should say what you mean），可是愛麗絲認為她的確是「說出我想的」（—— at least I mean what I say—— that's the same thing, you know.），她的話，完全符合語言規則，但語意上卻因不合理而無解。除此之外，卡若爾亦擅長運用諧擬（parody）技巧，借用當時代人所熟悉的歌謠，更動其中部分文字內容，使新作同時具有戲與謔的雙重效果，如透過愛麗絲之口，改編瓦恣（Isaac Watts, 1674-1748）的〈忌偷懶、勿調皮〉（Against Idleness and Mischief）為〈小小鱷魚〉，將舒詩（Robert Southey, 1774-1843）著名的訓誨詩〈威廉老爹所獲得的慰藉〉（The Old Man's Comforts and How He Gained Them）唱成了〈你老了，威廉老爸〉，抑或透過製帽匠之口，更動泰勒（Jane Taylor）著名的〈小星星〉一詩內容。

卡若爾透過文字於《愛麗絲夢遊仙境》所製造的無稽效果，不僅是全書特出之處，也是後來許多作品競相模仿都難望其項背之重要關鍵。英國兒童文學評論者卡本特（Humphrey Carpenter）認為「無稽、暴力、毀滅、絕滅、以及任何非理智的部分，彼此互有相關，如果純粹按照邏輯，將表面的意思推向極致，最後都將以無有、荒謬、或者恐怖終結」（1985: 60）。而事實上，《愛麗絲夢遊仙境》正是根據這個原則開展，至於結果，則如「假龜的故事」當中「每天減少一小時」的課程所暗示。

死亡也是一種無有或不存在的狀態，關於死亡的描寫或暗示，在《愛麗絲夢遊仙境》書中隨處可見，無時無刻不威脅著愛麗絲的生存，也驅使她始終處於一種極度的匆促感當中。愛麗絲在歷險之初跌進一個似乎無止無盡的兔子洞，在這墜落過程中，她的自言自語帶出第一個死亡笑話：

「『喔！』愛麗絲心想，『跌這麼一跤以後……即使從屋頂跌下來，我也不會大驚小怪！』（這很有可能是事實）」

按常理，這樣跌一跤本來應該就沒戲唱了，但因為她跌落在一堆樹枝和乾葉子上，結果毫髮無傷。但旋即，愛麗絲就又置身更危險的處境：她一忽兒「如望遠鏡般在縮小」，並且心想縮小是否「結果有可能我整個人就像一根蠟燭般」；一忽兒幾乎淹沒在她自己的眼淚中；她一會兒身體快速膨脹，長大得超過兔子家所能容納；一下子又再度縮小，並且發現她自己正面對一隻「很有可能一口吃掉她的巨大的小狗」。而當愛麗絲置身自公爵夫人的廚房，那裡簡直就是集暴力與毀滅之所在——「連續不停的咆哮和噴嚏聲，夾雜著大的碎裂聲，好像餐盤或鍋罐摔碎的聲音。」在段插曲結尾，小嬰兒與小豬的身分混淆，孰為動物孰為人，已經難辨。愛麗絲下一個駐足的瘋狂茶會，依然延續此一主題，繼續探討另一種形式的無有：時間永遠停滯在六點。是以受到詛咒製帽匠和三月兔，必須永無休止的重複他們的茶點時間，並在緩慢繞桌換位時，一邊猜想著沒有答案的謎語。

在《愛麗絲夢遊仙境》一書中，愛麗絲的自我定位也是重要主題。自跌進兔子洞起，愛麗絲就不斷自問：「假如我不再是原來的我，那接下來的問題便是，我到底是誰？」她首先嘗試區別她與其他同齡女孩的差異，企圖從中辨認自己：「我肯定我不是愛達……因為她的頭髮是長長的鬈髮，而我的頭髮一點也不捲；我也肯定自己不可能是瑪貝兒，因我什麼都懂，而她……。」當她的自我正名嘗試失敗時，小愛麗絲頃刻變成一個失去名分保護的脆弱個體，而她與周遭人物的互動也立時發生問題，最尷尬的時刻莫過愛麗絲遇到吸著水煙袋的毛毛蟲：

「你是誰？」毛毛蟲問。

這實在是個不太吸引人的開場白。

愛麗絲很不好意思地回答，「我……我不太清楚，先生，就目前來說……至少我今早起床的時候還知道自己是誰，但我想從那以後我一定已變了好幾次了。」

「你說這話是什麼意思？」毛毛蟲嚴肅地問。「自己好好解釋一下！」

而愛麗絲整個奇境歷險，同時也可視為她企圖替自己正名、設法確認自我的過程。個體的自我認同也表現在身體的變形上。在整本《愛》書當中，小愛麗絲的身體幾度變大與縮小，不僅是卡若爾的原創，也是閱讀時令人期待與驚喜的情節特色。身體的變化關涉食物；食物之於童書，就如同成人小說中對於廚房的描寫，往往是重要的文學意象。從心理學的角度言之，廚房提供成人穩固的中心；同樣的，食物亦可讓兒童產生飽足感，滿足心理和生理需求。但在《愛麗絲夢遊仙境》書中，卡若爾同時顛覆了食物與廚房的意象：愛麗絲每回喝進或吃下食物，身體就會不由自主的產生難以預測的變化，並且改變後的身體不見得與周遭環境協調，是以愛麗絲時而會不自覺的傾向暴力，時而又脆弱得而無以自保。但自從吃下帶有迷幻藥暗示的蘑菇後，她漸漸開始能夠按照自己的希望和當時情境需要來控制身體大小。至於廚房，在《愛》書中則變成包含暴力、顛覆、與曖昧的地方：公爵夫人的廚房，鍋碗瓢盆齊飛、各種吵雜的聲響充斥，而這位下巴突出、其貌不揚的女主人，則儼然暴力的執行者；廚房，早已不再是提供穩固安全感的溫馨象徵。

對我個人而言，《愛麗絲夢遊仙境》是本越看越有味兒的文學作品。無論大讀者或是年輕朋友，如果你的印象還停留在迪士尼版本的《愛麗絲》，那麼現在正是閱讀完整版本的好時機。如果你曾經讀過完整版，但困惑於書中看似混亂的邏輯與顛三倒四的對話，亦可嘗試從瞭解無稽的角度再次展閱此書。

1 小查爾士十四歲起便主編第一本「家庭雜誌」，娛樂其兄弟姊妹。

2 參見Carpenter, Humphrey. Secret Gardens: A Study of the Golden Age of Children's Literature. Boston: Houghton Mifflin, 1985.

整個金黃色的午后
我們悠然滑行；
因我們的雙槳，不熟練的，
由小小臂膀來回擺動，
這些小手得意的假裝
在引領著我們的遊程。

喔，殘忍的三個小東西！在這樣的時刻，
在如此夢幻的天氣下，
在微風都輕得吹不動最細的羽毛時，
乞求說個故事！
然而單一的薄弱聲怎擋得過
三張一致的小口？

專橫的老大迅速下達
她的指令「開始講」——
老二以較輕柔的語調期盼

「裡面要有荒謬好玩的！」——
老三則不時打斷故事
每隔不到一分鐘便一次。

亞儂，終使他們突然靜默，
在想像中他們追尋著
這個夢幻之子走過一片
充滿狂野與新奇驚喜的土地，
和鳥獸友好的對話——
且半相信它是真的。

然後，當故事說盡，
想像之井枯竭，
那個虛弱的人無力的掙扎，
想逃避這個話題，
「其餘的下回再說——」「現在就是下回！」
快樂的聲音叫喊著。

就這樣奇境的故事出現了，
就這樣慢慢的，一個接一個的，
古怪的事件被敲出——
現在故事已結束，
我們駛向歸程，快樂的一群，
在夕陽之下。

愛麗絲！發展出一個童稚的故事，
並以輕柔的手
將它置於童年的夢想纏繞成
記憶中的神祕群體之處，
彷如朝聖者凋萎的花環
採自遙遠的土地。

1 掉進兔子洞

愛麗絲對於陪姐姐坐在河岸邊，且無事可做，開始感到厭煩了。她偶爾偷瞄一下姐姐正在讀的書，但裡面既無圖片也無對話，愛麗絲心想：「既沒有圖片又沒有對話，這種書有什麼好看的呢？」

因此她開始認真的考慮（盡她所能的考慮，因為炎熱的天氣讓她有點睏且遲鈍），編織一個雛菊花鍊的樂趣，是否值得她不嫌麻煩的起身摘花。就在這時，一隻雙眼是粉紅色的白兔突然從她身邊跑了過去。

這件事在當時看來沒什麼特別的，即使在聽到兔子自言自語的說：「天哪！天哪！我要遲到了！」時，愛麗絲也不認為有何不尋常（事後回想起來，她想到自己早該對此感到奇怪，但在當時一切似乎都那麼的自然）。可是當兔子真的從背心口袋掏出一隻錶，看了看，又匆忙趕路時，愛麗絲站了起來，因為她突然想到自己以前可從沒見過一隻穿著背心，或從背心裡拿出錶的兔子。在強烈的好奇心驅使下，她跟著兔子跑過草原，並且很幸運的，及時看到牠跳進樹籬下的一個大兔洞。

愛麗絲隨後也跟著跳下去，一點也沒有考慮到待會兒怎麼出來。

這個兔洞先是如隧道般的筆直前行一段距離，然後突然下墜；由於太過突然，所以愛麗絲還來不及考慮止步，就發現自己正墜入一口深井。

如果不是井太深，就是她下降得很緩慢，因為在她落下的同時，有非常充裕的時間環顧四周，而且還一邊納悶接下來會發生什麼事。起初，她試著往下看，想弄清楚自己將會碰到什麼，但底下暗得什麼都看不見；接著她注視四周的井壁，才發現壁上都是櫥櫃和書架，她還看見到處都有用木釘掛著的地圖和圖畫。經過其中一個櫥櫃時她取下一個罐子，上面標示著「柳橙果醬」，但令她大感失望的是裡面竟是空的。她不想隨意丟下罐子以免傷了人，因此便在經過另一個櫥櫃時將它放了回去。

「喔！」愛麗絲心想，「跌這麼一跤以後，我可不再認為跌下樓梯有什麼大不了的！家裡所有的人都會認為我真勇敢！對，即使從屋頂跌下來，我也不會大驚小怪了！」（這很有可能是事實。）

下墜，下墜，下墜。難道這一跤永無盡頭！「不知我這次下跌了多少英里？」她大聲的說：「我一定是快到達地心了。讓我想想看——我猜，應該下跌了四千英里吧！（愛麗絲曾在學校的課程裡學過這一類的東西，雖然這不是炫耀知識的好時機，因為根本沒有聽眾，不過把它說出來也算是個不錯的練習。）沒錯，這個距離大概是錯不了。但我懷疑我究竟到達什麼緯度或經度了？」（其實愛麗絲根本不懂緯度或經度是什麼，只覺得它們是很棒的字眼。）

此刻她又開始說道：「不知道我是否會直接穿過地球！穿過之後，如果置身在一群倒立行走的人群當中一定很有趣！我猜那些是討厭的傢伙（註）。（她很高興當時沒有人在聽，因為聽起來根本就不像正確的字。）我應該問問他們這是哪個國家。女士，請問，這裡是紐西蘭或澳洲嗎？（然後她試著一邊說話一邊屈膝行禮，想像一下，在你墜落的同時屈膝行禮！你認為自己辦得到嗎！）可是這麼一問，她一定會認為我這個女孩真無知！不，絕對不要問。或許我會看到地名被寫在某個地方吧。」

下墜，下墜，下墜。由於無事可做，所以愛麗絲不久又開始說起話來。「我想，狄娜今晚一定會很想我！（狄娜是一隻貓。）希望他們記得在茶點時間給牠一盤牛奶。狄娜，我的寶貝！真希望妳在這底下陪我！恐怕空中是沒有老鼠，但妳或許會抓到一隻蝙蝠，其實牠看起來滿像老鼠的。但貓吃蝙蝠嗎？我真懷疑。」此時愛麗絲開始非常睏倦，卻還是以半夢半醒的方式，繼續自言自語：「貓吃蝙蝠嗎？貓吃蝙蝠嗎？」有時候還說成「蝙蝠吃貓嗎？」既然她兩個問題都答不出來，所以她怎麼問也都無所謂了。她覺得自己正在打瞌睡，開始夢到自己和狄娜手牽手在散步，並且很認真的問牠：「現在，狄娜，老實告訴我，妳吃過蝙蝠嗎？」就在那時，砰！砰！她突然跌落在一堆樹枝和乾葉子上，下墜結束了。

註：原文是the Antipathies，按上下文看來，愛麗絲原本的意思是antipodes（相反的人事物）卻說錯了。

愛麗絲一點也沒受傷，她一下子就站了起來，抬頭往上看，但頭頂上一片漆黑；她眼前則是另一條長長的通道，白兔仍匆匆忙忙的往前走。一刻也不能擔誤啊，愛麗絲一陣風似的跟著離開，剛好來得及在牠轉彎前，聽到牠說：「喔，我的耳朵和鬍子啊（註），這下可真的遲到了！」她緊跟著白兔轉彎，但白兔卻不見蹤影；她發現自己正在一間長型而低矮的大廳中，照亮大廳的是一排懸掛在屋頂的燈泡。

大廳四周都是門，但全都鎖著；愛麗絲沿著牆從頭到尾試過每一扇門之後，她傷心的回到大廳中間，不知道該怎麼出去。

她忽然發現一張三隻腳的小桌子，整張桌子是用厚玻璃做成的；桌上什麼也沒有，只有一把很小的金色鑰匙。愛麗絲起初認為它可能是大廳中某一扇門的鑰匙，但是，唉呀！不是鎖太大，就是鑰匙太小，總之就是打不開任何一扇門。然而，在她走第二圈時，她看見一個先前沒注意到的矮布簾，後面是一扇高約十五吋的小門。她試著將小鑰匙插入鎖中，結果很高興的發現正好吻合。

愛麗絲打開門，發現裡面是個小通道，比老鼠洞大不了多少；她跪下來，看到通道後面是一座前所未見的可愛花園。她好希望能離開那昏暗的大廳，徜徉在那一座座鮮豔的花床與那些清涼

註：等於「我的天啊」。

的噴泉中，但是她連頭都擠不進那扇門。「就算我的頭擠得進去，」可憐的愛麗絲心想，「肩膀擠不進去也沒有用。喔，我真希望自己能像望遠鏡一樣縮短！我想是可以的，只要我知道從何著手。」你看，由於最近發生了這麼多不尋常的事，所以愛麗絲開始認為沒有什麼事是真的不可能的。

守在小門邊似乎沒什麼用，所以她又走回桌子前，希望能在上面找到另一把鑰匙，或至少是一本書，裡頭記載如何像望遠鏡般縮短的準則。這一次她在桌上找到一個小瓶子。（「剛剛桌上絕對沒有這個瓶子。」愛麗絲說。）瓶頸上圈著一張紙條，上面以大寫字母漂亮的印著「喝我」。

「喝我」是個很不錯的想法，但聰明的小愛麗絲還不打算魯莽行事。「不，我得先檢查，」她說：「看看上面是否有寫著『有毒』的標示。」因為她讀過一些不錯的小故事，就是關於小孩子被燒傷、被野獸吃掉或其他一些可怕的事，原因只在於他們沒有牢記朋友教過他們的簡單道理。例如，如果你握著炙熱的火鉗太久就會被燒傷；如果你用刀子將自己的手指割得很深，通常就會流血；而她從來就沒有忘記一件事：假如你從標示著「有毒」的瓶子裡喝掉很多東西的話，它遲早會讓你身體不舒服。

然而，這個瓶子並未標示「有毒」，所以愛麗絲便大膽嘗了一

口，而且發現它很好喝，（事實上，它的味道就像是把櫻桃餡餅、牛乳蛋糕、鳳梨、烤火雞、太妃糖，以及熱奶油吐司混合起來的香味。）因此她一下子就把它喝光了。

* * *

「多奇怪的感覺啊！」愛麗絲說：「我現在一定正像望遠鏡一樣在縮短。」

的確是如此，她現在只剩十吋高，而且一想到現在的尺寸正適合穿過小門到可愛的花園去，愛麗絲頓時神情開朗。不過，一開始，她還是等了一會兒，看看自己是否會再縮小。她有點擔心，「因為，你知道的，」愛麗絲自言自語：「再縮下去有可能我整個人就會像一根蠟燭一樣。不曉得到那時我會是什麼樣子？」然後她開始想像蠟燭被吹滅後，蠟燭的火焰是什麼模樣，因為她記不得曾看過這樣的情形。

過了一會兒，發現沒有其他的改變，她決定立刻走進花園。但是，唉，可憐的愛麗絲！當她走到門前，才發現忘了拿那把金色的小鑰匙，而當她回到桌子那裡要拿時，又發現自己不可能拿得到。透過玻璃桌面她可以清楚的看到鑰匙，她使盡力氣設法要爬上一隻桌腳，但它實在太滑了；最後試得筋疲力盡，她這個可憐的小東西坐下來哭了。

「別哭了，這樣哭是沒用的！」愛麗絲很嚴厲的對自己說：「我勸妳現在就停止！」她通常會給自己很好的忠告（雖然很少遵從），但有時她會嚴厲的責罵自己，直到哭出來。她記得有一回，因為在一場和自己比賽的槌球賽中作弊，她還試著打自己耳光。這個奇怪的孩子很喜歡假扮成兩個人。「可是現在這是沒有用的，」可憐的愛麗絲心想，「假裝成兩個人！噢，我現在只剩這麼一丁點兒，都還不夠做一個體面的人呢！」

過了一會兒，她的眼光落在桌下的一個小玻璃盒上，她打開盒子，發現裡面是一塊小蛋糕，蛋糕上用葡萄乾漂亮的排著「吃我」。「好吧，我要把它吃了，」愛麗絲說：「假如它讓我變大，我就可以拿得到鑰匙；如果它使我變得更小，我就可以從門底下爬過去。無論如何我都可以進到花園去，所以我不在乎會發生哪種情況！」

她吃了一小口，然後焦急的問自己：「哪一種情況？哪一種情況？」一邊把手放在頭頂上，感覺身體變成什麼樣子，然後很驚訝的發現自己和沒吃蛋糕前還是一樣大小。當然，人吃了蛋糕後通常是這種情形，但愛麗絲已非常習慣於期待不尋常的事發生，因此，以普通的方式過生活似乎相當沉悶且呆板。

所以她大口吃起來，很快的就吃完了整塊蛋糕。

2 眼淚池塘

「越奇怪越來了！」愛麗絲喊道。（她實在太驚訝了，以至於此刻完全忘了如何說出正確的話語。）「現在我正伸展著，有如前所未見的大望遠鏡！再見囉，雙腳！（因為當她往下注視自己的雙腳時，幾乎已看不見它們，它們變得好遙遠。）喔，我可憐的小腳，現在不曉得有誰會幫你們穿上鞋子和襪子，我可以肯定自己現在是辦不到的了！我離你們實在太遠了，我無法幫你們穿鞋，你們一定要自己好好想辦法了——不過，雖然如此，我還是要善待它們，」愛麗絲想，「否則，它們或許不肯依我的意思走路了！我想想看，我得在每年的聖誕節，送它們一雙新靴子。」

然後她繼續計畫著該怎麼做。

「我必須找個送貨員送去，」她想，「這看來多奇怪呀，送禮物給自己的雙腳！而且送貨指示讀起來一定很怪！

愛麗絲的右腳先生收
爐前地毯近火爐欄杆處
愛麗絲敬贈

天哪，我在胡言亂語些什麼！」

就在這時，她的頭頂到了大廳的天花板，事實上她現在已超過九呎高了，她立刻抓起金色的小鑰匙，並急忙跑到通往花園的門邊。

可憐的愛麗絲！她現在所能做的，就只是側身躺下來，瞇著一隻眼睛望穿花園，想要進去的希望更渺茫了。她坐了下來，又開始哭泣。

「你真應該為自己的行為感到羞愧，」愛麗絲說：「像妳這麼樣的一個大女孩（說得真對），還哭成這個樣子！我告訴妳，立刻停止！」但她還是一樣繼續哭，灑落數加侖的淚水，直到身邊形成一個大水池，水深約四吋，且漫過了半個大廳。

過了一會兒，她聽到遠處傳來輕微的腳步

聲，連忙擦乾眼淚看看是什麼東西來了。原來是白兔又回來了，衣著華麗，一隻手握著一雙白色的小羊皮手套，另一隻手拿著一把大扇子。他行色匆匆大步走來，一路上還喃喃自語：「喔！公爵夫人，公爵夫人！喔！如果我讓她久等，她不是又要大發脾氣了嗎！」愛麗絲當時已絕望到準備向任何一個人求助了，因此，當兔子靠近她時，她開始用低微、怯懦的聲音說：「先生，可否請你……」兔子猛然驚跳起來，丟下白手套和扇子，然後以最快的速度隱入黑暗中。

愛麗絲撿起手套和扇子，由於大廳相當悶熱，所以在她繼續說話的同時便一邊搧著扇子：「天哪，今天每件事都好怪異喔！昨天一切都還很正常。不知道我是否在一夜間也改變了？我想想看，今早起床的時候，我有沒有什麼變化呢？我記得感覺是有點不太一樣。但假如我不再是原來的我，那接下來的問題便是：我到底是誰？唉，真是令人困惑！」然後她開始想遍她所認識且和她同年齡的孩子，看看自己是否可能已變成其中的某一個。

「至少，我肯定我不是愛達，」她說：「因為她是長長的鬈髮，而我的頭髮一點也不捲；我也肯定自己不可能是瑪貝兒，因為我什麼都懂，而她，喔！她懂得還真少！何況，她是她，我是我，而且……喔！天哪，這還真是複雜！我來試試自己是否還知道以前所懂的東西。我想想看：四乘五是十二，四乘六是十三，那麼四乘七是……喔！天哪！這樣算的話我永遠算不到二十了！不過，乘法表也不能代表什麼。我們來試試地理吧，倫敦是巴黎的首都，巴黎是羅馬的首都，而羅馬……不對，全都錯了，我肯定！我一定是變成瑪貝兒了！我來試著念

〈小小鱷魚〉看看。」她雙手交疊放在腿上，好像在念課文般，開始背誦，但她的聲音聽起來粗糙而陌生，而且念出來的詞句也不是原來該有的樣子：

小鱷魚呀小鱷魚，
尾巴擦得可真亮，
還把尼羅河的水，
倒在每個金秤上！
看牠笑得多開心，
爪子伸得多優雅，
歡迎小魚送上門，
游進微笑的嘴巴！

「我確定那不是正確的句子，」可憐的愛麗絲說，然後等她繼續說下去時，又淚眼汪汪了，「我終究是變成瑪貝兒了，那我就必須去住在那間狹窄的小房子裡，沒有玩具可玩，然後噢！還有一堆課業要學！不，我決定了，如果我是瑪貝兒，我就要留在這底下！他們探頭往下喊：『上來吧，親愛的！』我就要抬頭說：『那我是誰？先回答我這個問題，然後，如果我喜歡當那個人，我就上來；如果不喜歡的話，我就留在這裡，直到我是另一個人為止。』但是，喔，天哪！」愛麗絲突然哭起來：「我真希望他們會探頭往下看！我真不想一個人待在這裡！」

說這句話時，她低頭看了看自己的手，卻驚訝的發現自己在說話的時候已戴上一隻兔子的小羊皮白手套。「我是怎麼辦到的？」她心想，「我一定又變小了。」她跑到桌邊去量自己的身高，結果發現，和她猜的差不多，她現在大約是兩呎高，而且還在快速縮小中。她立刻發現原因出在她拿著的扇子上，所以急忙把它丟了，及時避免了完全消失的災難。

「剛剛可真險哪！」愛麗絲被這突如其來的變化嚇了一大跳，但很慶幸發現自己還存在。「現在該到花園去了。」於是她全速跑回小門邊。但，唉！小門又關上了，而小金鑰匙依然躺在桌子上。「現在情況更糟了，」可憐的愛麗絲心想，「因為我從沒有像現在這麼矮小過，從來沒有！所以我敢說現在是糟透了，真的！」

說著說著她腳一滑，緊接著，噗通！她整個人下巴以下全部泡在鹽水裡。她第一個念頭是，自己不知怎的掉到海裡了。「如果是這樣的話，我就可以搭火車回家了。」她自語道。（愛麗絲曾去過海邊一次，並且得到一個結論：在英國，不管你到海邊的任何地方，都可以在海邊看到更衣車（註），一些孩子用木鏟在挖沙，然後還有一排出租公寓，而公寓

註：更衣車bathing machines，供泳客在淺灘海水中換穿泳衣的移動更衣間。

後面就有個火車站。）不過，她不久就發現，自己掉進了剛才九呎高時流下的眼淚所積成的淚池裡。

「真希望我剛才沒有流這麼多眼淚！」愛麗絲說，一邊到處游動，想找出口。「真是自作自受，浸泡在自己的眼淚裡！真是一件怪事，鐵定的！不管怎麼說，反正今天任何事都很怪異。」

就在這時，她聽到不遠處有東西在池裡游動的聲音，便游近一點去弄清楚到底是什麼。起初她認為那一定是隻海象或河馬，但緊接著她記起來，自己現在是多麼的小；因此很快就弄清楚，那只是一隻和她一樣掉進淚池的老鼠。

「現在，這樣做有用嗎，」愛麗絲心想，「和這隻老鼠說話？這底下每件事情都這麼不尋常，所以我不得不承認牠很有可能會說話；無論如何，試試總無妨。」所以她開始說：「喔！老鼠，你知道要怎麼離開這水池嗎？我厭倦在這池裡游來游去了，喔！老鼠！」（愛麗絲相信這一定是和老鼠說話的正確方式，她從沒有做過這樣的事，但她記得曾看過哥哥的《拉丁文法》：一隻老鼠——屬於老鼠的——給老鼠的——一隻老鼠——喔！老鼠！）那隻老鼠懷疑的看了她一眼，而且有一隻眼睛好像還眨了一下，卻半聲不吭。

「或許牠聽不懂英文吧，」愛麗絲想：「我敢說牠是一隻法國老鼠，是和征服者威廉一起過來的。」（在愛麗絲的歷史知識中，對於事情發生在多久以前並沒有很清楚的概念。）因此她又改用法文說：「我的貓兒在哪裡？」那是她法文課本裡的第一句話。老鼠一聽，突然跳出水面，而且似乎害怕得全身發抖。「喔，請原諒我！」愛麗絲連忙喊道，「我完全忘了你不喜歡貓。」

「不喜歡貓！」老鼠叫道，聲音尖銳且激動。「如果妳是我的話，妳會喜歡貓嗎？」

「嗯，大概不會吧，」愛麗絲用安撫的聲音說：「不要生氣。可是我希望能讓你見見我的貓——狄娜；我想，只要你看到她的話，你就會對貓有好感的。她非常可愛又安靜，」愛麗絲繼續往下說，一半是在自言自語，同時在池裡慵懶的游動，「她總是坐在火爐邊發出好聽的低嗚聲，舔著自己的腳掌、洗著臉，而且她抱起來很柔軟，還有，她抓老鼠非常厲害……喔，請你原諒！」愛麗絲再度喊道，因為這一次老鼠全身的毛都豎了起來，她確定自己一定冒犯到牠了。「如果你不喜歡，我們就不要再談她了。」

「我們，真是的！」老鼠叫道，牠全身從頭到腳都在發抖。「好像我願意談這話題似的！我們這個家族永遠討厭貓，齷齪、低等、殘暴的東西！別讓我再聽到那個字！」

「我真的不會了！」愛麗絲說著，趕緊改變話題。「那你……你喜歡……喜歡……狗嗎？」老鼠沒有回答，所以愛麗絲繼續急切的說：「我們家附近有隻很好的狗，我想讓你認識認識！一隻有著明亮眼睛的小獵犬，你知道嗎，哦，牠還有長長的棕

色鬈毛！而且牠會把你丟出去的東西撿回來，還會直立起來乞討晚餐，做各式各樣的事……我都記不清了，牠是一個農夫的狗，農夫說牠很有用，身價值一百鎊！他說牠消滅了所有的老鼠，而且……喔天哪！」愛麗絲語調痛苦的說：「恐怕我又再度冒犯了！」因為這下子老鼠正使盡力氣的游走，並且弄得池子水花四濺。因此她在背後輕聲喚牠，「親愛的老鼠！請再回來吧，如果你不喜歡牠們的話，我們不再談論貓或狗了！」老鼠聽到這些話後，轉過身，然後慢慢的游回她身邊。牠的臉色相當蒼白（「由於激動的緣故吧」，愛麗絲心想），並以低沉顫抖的聲音說：「我們上岸吧，然後我再把自己的經歷說給妳聽，妳就會明白我討厭貓和狗的原因了。」

也該是離開的時候了，因為掉進池裡的鳥兒和動物已開始讓池塘顯得擁擠不堪，其中有一隻鴨子和一隻渡渡鳥，一隻吸蜜小鸚鵡和一隻小鷹，以及另外幾種奇怪的生物。愛麗絲帶頭，然後全部都上了岸。

3 委員會賽跑

他們集結在岸邊，看起來真是一群奇怪的組合，鳥兒們拖著濕漉漉的羽毛，動物們的毛皮緊貼在身上，而且全都一直滴著水，滿臉的不悅與不適。

現在首要的問題當然就是如何把身體弄乾。他們針對這個問題開了個討論會，沒多久愛麗絲發現自己和他們很熟稔的交談著，而且似乎還滿自然的，好像他們是認識一輩子的老朋友似的。事實上，她和吸蜜小鸚鵡還爭論了很久，最後牠惱怒了，只說了一句：「我年紀比妳大，一定比妳懂。」由於不知道牠的實際年齡，因此愛麗絲並不同意這一點；可是，吸蜜小鸚鵡堅決不肯說出牠的年齡，於是也就沒什麼好說的了。

老鼠似乎在牠們當中還頗具權威的，在一陣吵雜之後牠喊道：「大家統統坐下來，聽我說！我很快就會讓你們乾一些！」牠們立刻全部坐下來，圍成一個圈圈，老鼠站在中間。愛麗絲焦急的注視著牠，因她肯定自己若不趕快弄乾身體的話，一定會得重感冒的。

「嗯哼！」老鼠隆重的說：「你們都準備好了嗎？這是我所知道最乾燥（註）的方法了。全部安靜下來，拜託你們！『威廉國王，由於他的理念受人民擁戴，於是英國人很快便降服於他，他們近來已很習慣於篡位與征服情事，並需要領袖。愛德文和摩爾卡，莫西亞和諾桑伯利亞的伯爵』——」

「唉唷！」吸蜜小鸚鵡發抖的說。

「對不起！」老鼠非常不悅但還相當客氣的說：「你剛剛有發言嗎？」

「我沒有！」吸蜜小鸚鵡趕緊回答。

「我想你有。」老鼠說：「我再繼續。『愛德文和摩爾卡，莫西亞和諾桑伯利亞的伯爵，為他發言，而且甚至史狄根，坎特伯里的愛國總主教，發現它相當適當——』」

「發現什麼？」鴨子問。

「發現它，」老鼠很不高興的回答：「當然，你知道『它』是什麼意思吧。」

註：dry在此有「乾燥」及「枯燥乏味」的雙關含義。

「如果是我發現一樣東西，我就會相當清楚『它』的意義，」鴨子說：「通常它就是一隻青蛙或一隻蟲。」

「現在問題是，總主教發現了什麼？」

老鼠不理會這個問題，而是急著接下去說：「『發現和愛德加、亞瑟凌一起去見威廉並封他王冠是適當的。威廉的舉止一開始是謙遜的。但他那些諾曼第人的粗野……』親愛的，妳現在怎樣了？」在說話的當中，牠轉向愛麗絲繼續說。

「跟原來一樣濕，」愛麗絲用憂鬱的語調回答：「這樣子似乎一點都沒有使我乾一些。」

「既然這樣的話，」渡渡鳥莊嚴的說，並站了起來：「我提議休會，立即改採較有效率的解決方案。」

「說白話一點！」小鷹說：「這麼長的句子，有一半我都不懂，而且，再說，我也不相信你懂！」一說完，小鷹低下頭隱藏牠的微笑，而有一些其他的鳥則笑出聲來。

「我要說的，」渡渡鳥帶著防衛性的口氣說：「就是——讓我們乾燥的最佳方式，就是一場委員會賽跑。」

「什麼是委員會賽跑？」愛麗絲問，倒不是她真的想知道，而是因為渡渡鳥這時停了下來，好像認為應該要有人發言，但似乎沒人有意要發言。

「唉，」渡渡鳥說：「最好的解釋方法就是實際去做。」（因為你或許會想要在某個冬日，自己試試這件事，所以我就告訴你渡渡鳥解決的辦法。）

首先牠畫出一個跑道，有點像是圓形，（「精確的形狀並不重要。」牠說。）然後所有的成員都被安置到跑道上，這裡一個，那裡一個，零零落落的。他們也不喊「一，二，三，跑！」而是想跑就跑，想停就停，因此很不容易看出比賽何時結束。

總之，他們跑了大約半個鐘頭後，身體相當乾了，渡渡鳥突然喊出：「比賽結束！」然後他們全擠在一起，喘著氣問：「可是，誰贏了？」

這問題渡渡鳥可要好好思索一下才答得出來了。於是牠坐下來，一隻手指壓在額頭上（這個姿勢你通常可以在莎士比亞的畫像上看到），其他的成員則靜靜的等候。最後渡渡鳥說：「大家都贏了，而且必須統統得獎。」

「可是誰來頒獎？」大家異口同聲的問。

「唉，就是她啊。」渡渡鳥用一根指頭指著愛麗絲說。於是一大群動物全擠到她身邊，混亂的叫著：「獎品！獎品！」

愛麗絲不知該怎麼辦，絕望中她把手伸入口袋裡，拿出了一盒糖果，（幸運的是鹽水並未浸入其中）然後一一給牠們當作獎品。頒了一圈下來，剛好每個各得一塊糖。

「但她自己也該有獎品。」老鼠說。

「這是當然的，」渡渡鳥嚴肅的說：「妳口袋中還有什麼？」牠轉向愛麗絲繼續說。

「只剩一個針箍了。」愛麗絲傷心的回答。

「拿過來這裡。」渡渡鳥說。

於是牠們再度聚集在她身邊，這時渡渡鳥莊嚴的拿著針箍說：「我們懇請妳收下這優雅的針箍。」牠做完這簡短的發言後，大家都歡呼了起來。

愛麗絲覺得這整件事實在很荒謬，可是牠們全都一副嚴肅的樣子，因此她也不敢笑。接著，由於她想不出要說什麼，所以也就只好行個禮，然後接過針箍，並且盡可能裝出一副很嚴肅的樣子。

接下來就是吃糖果了，這又引起了一些噪音和混亂，因為大鳥們抱怨嘗不出自己糖果的味道，小鳥們又被噎到而必須要人拍牠們的背。無論如何，最後總算是結束了，牠們又坐成了一圈，要求老鼠再多說一些事給牠們聽。

「你答應要說你的歷史給我聽，」愛麗絲說：「以及你為何會討厭ㄇ開頭和ㄍ開頭的東西。」她小聲的補充，恐怕自己又冒犯了牠。

「我的故事又長又悲傷！」老鼠轉向愛麗絲說，並嘆了口氣。

「它的確是條長尾巴（註），」愛麗絲說，並低頭疑惑的看著老鼠的尾巴，「但你為何說它悲傷呢？」當老鼠開口說話時，她還一邊困惑的思索，所以她對這個故事的印象就有點像這個樣子：

註：原文此處的尾巴tail，和前句的故事tale同音。

「一隻名叫憤怒的狗對一隻
牠在屋子裡
碰到的
老鼠說：
『我們兩個
一起上法庭
去，我要
起訴你。來吧，
不准
拒絕；我們
一定要來個
審判，因為
今早
我實在是
無事
可做。』
老鼠

對這隻
野狗說：『這樣的
審判，
親愛的先生，
既無
陪審團
又無法官，
只會
白費
我們的
力氣。』
『我就是
法官，我就是
陪審團。』
狡猾的
老憤怒
說：

『我將
審判
整個
案件，
並
判
你
死
刑。』

「妳沒有注意在聽！」老鼠嚴厲的對愛麗絲說。「妳在想些什麼？」

「請你原諒，」愛麗絲謙卑的說：「我想，你已經拐了五個彎了吧？」

「我沒有！」老鼠非常憤怒的尖聲說道。

「有個結（註）！」愛麗絲說，她總是隨時想讓自己顯得有點用處，於是心急的看看四周，「喔，請讓我幫忙解開它！」

註：上一句的原文「I had not!」，其中 not 與這句的 knot（結）發音相同。

「我不會讓妳做這種事的，」老鼠說，同時站起身來走開。「妳說這種無聊的話侮辱了我！」

「我不是故意的！」可憐的愛麗絲懇求道：「你很容易被激怒，你知道嗎！」

老鼠只是低哼一聲作為回答。

「請回來說完故事吧！」愛麗絲在牠身後呼喚，其他的動物也同聲喚著，「對呀，請回來！」但老鼠只是不耐煩的搖搖頭，然後加快腳步離開。

「真可惜牠不肯留下！」在牠完全走出視線時，吸蜜小鸚鵡嘆口氣說。這時一隻老螃蟹抓住機會告訴牠的女兒說：「唉，親愛的！記得這個教訓，千萬別讓妳的脾氣失控！」「別說了，媽！」年輕的螃蟹語帶尖酸的說：「妳的脾氣就好的足以去試牡蠣的耐性了！」

「希望我家的狄娜在這裡就好了，我真的好希望！」愛麗絲大聲的說，但並非特別說給誰聽。「她會很快就把牠給抓回來！」

「我可否斗膽問個問題，誰又是狄娜了？」吸蜜小鸚鵡說。

愛麗絲熱切的回答，因為她總是隨時想談她的寵物：「狄娜是我家的貓，而且她抓老鼠之厲害是你想不到的！我也希望能讓你們看看她捕捉鳥兒的技術！啊，她一見到小鳥就可以一口吃下牠！」

這段話在動物之間引起一陣相當大的騷動。有些鳥立刻匆匆離開。一隻老喜鵲開始將自己仔細穿戴好，說：「我真的該回家了；夜晚的冷空氣不適合我的喉嚨！」還有一隻金絲雀帶著顫抖的聲音對牠的孩子們說：「走吧，親愛的！該是你們上床的時間了！」牠們各自以不同的藉口離開，然後很快的愛麗絲又是孤單一個人了。

「希望我沒有提到狄娜！」她悲傷的對自己說：「在這底下，似乎沒人喜歡她，但我肯定她是全世界最好的貓！喔，我親愛的狄娜！不知我是否還能再看到妳！」說到這裡，可憐的愛麗絲又開始哭了，因為她覺得又孤單又喪氣。

然而，過了一會兒，她又聽到遠方傳來小腳步聲，她急切的抬頭看，希望是老鼠改變心意，回來把故事說完。

4 倒楣的小比爾

原來是白兔，現在牠又慢慢的踱回來，一邊走一邊還焦急的四處張望，好像掉了什麼東西一樣。她還聽到牠喃喃自語的說：「公爵夫人！公爵夫人！喔，我親愛的腳掌！喔，我的毛皮和鬍子！她鐵定會把我處死的！真搞不懂，我到底把它們丟在哪裡了？」愛麗絲想了一下，猜牠是在找那把扇子和那雙山羊皮白手套，於是她很好心的開始幫著到處找，卻遍尋不著。自從在池裡游過後似乎一切都改變了，那間大廳，中間的玻璃桌，還有那扇小門，全都消失得無影無蹤。

正當愛麗絲四處尋找時，兔子發現了她，並以生氣的語調叫住她，「喂，瑪麗安，妳來這裡做什麼？立刻跑回去拿一雙手套和一把扇子給我！快，馬上去！」愛麗絲很害怕，所以連解釋的話都沒說，就立刻朝牠所指的方向跑去。

「牠把我當成是牠的女傭了，」她一邊跑一邊對自己說：「如果牠弄清楚我是誰的話，該會有多驚訝！但我最好拿扇子和手套給牠，也就是說，如果我找得到的話。」正當她說完這句話，她看到一間整潔的小房子，房子的門上有個光亮的銅牌，上面鑄著「白兔」兩個字。她沒有敲門就走了進去，並在害怕中匆匆上樓，以免萬一碰到真的瑪麗安，可能在還沒找到扇子和手套前就被趕了出來。

「這看起來多奇怪呀，」愛麗絲自言自語，「受兔子差遣！我想下回狄娜也要差遣我了！」然後她開始想像會發生的情況：「『愛麗絲小姐！立刻到這裡來，準備去散步了！』『馬上來，奶媽！可是我必須守著這個老鼠洞直到狄娜回來，確定老鼠沒有跑出來。』只是我不認為，」愛麗絲繼續想，「如果她開始那樣差遣人的話，他們還會讓狄娜留在家裡！」

這時她已找到通往一個整潔小房間的走道，窗邊有個桌子，桌上（就如她希望的）有一把扇子和二、三雙羊皮白手套。她拿起扇子和一雙手套，正打算離開房間時，她的眼光落在穿衣鏡旁的一個小瓶子上。這一次上面沒有寫著「喝我」的標籤，然而她還是打開瓶蓋把它湊進嘴邊喝起來。「在我每次吃下或喝下任何東西後，」她對自己說：「我知道一定會發生一些有趣的事，因此我就要看看喝了這個小瓶子會怎樣。我真希望它能讓我再變大，因為我實在不想再做小不點了！」

她的願望成真了，而且比她預期的速度還要快許多；她還喝不到半瓶，就發現自己的頭已經頂到天花板了，而且必須彎

下身以免折斷脖子。她趕緊放下瓶子，告訴自己：「這樣就好了，希望我不要再長了，現在這樣，連房門都走不過去。真希望我沒有喝那麼多！」

唉！那樣希望已經太遲了！她繼續一直長大，一直長大，不久就必須跪在地板上，緊接著連這樣空間都不夠了，她試著躺下來並用一隻手肘頂著門，另一隻則彎在頭上。可是她仍然繼續長大，最後在不得已的情況下，她將一隻手臂伸出窗外，一隻腳舉向煙囪，並對自己說：「現在無論發生什麼狀況，我可都完全沒辦法了。我將會變成什麼樣子呢？」

幸運的是，神奇的小瓶子已發揮完功效了。但是，看來她現在絲毫沒有離開這個房間的機會，難怪她會悶悶不樂了。

「在家比在這愉快多了，」可憐的愛麗絲想，「不會一直變大變小，而且還要受老鼠和兔子差遣。我後悔自己跳進那兔洞，然而……然而……實在很令人好奇，你知道的，這種生活！我真想知道自己可能會發生什麼事！過去在讀童話故事時，我總是認為那種事絕不會發生的，可是如今我就身在其中！應該有一本書是寫我的，應該要有！等我長大，我就要寫一本……可是我現在就長大了呀，」她傷心的加了一句：「至少這裡已沒有長大的空間了。」

「然而，」愛麗絲想，「那我將永遠不會比現在老囉？一方面，那還算是個安慰，永遠不會成為老太婆。但是這麼一來，永遠都有功課要做！喔，我可不喜歡那樣！」

「喔，妳這個傻愛麗絲！」她自己回答自己。「妳在這裡怎麼讀書？哎，這裡都快容納不下妳了，更不會有空間容納任何課本了！」

於是她就繼續這樣，先假扮一方，再扮成另一方，自己和自己對話了好一陣子；幾分鐘後她聽到外面有聲音，就停下來仔細聽。

「瑪麗安！瑪麗安！」那個聲音叫：「快把扇子和手套拿過來給我！」然後階梯傳來小腳步聲。愛麗絲知道那是兔子來找她了，不禁全身發抖，連房子都動搖了，完全忘了自己現在比兔子大上一千倍，根本沒有理由要怕牠。

這時兔子來到門口，試著打開門，但由於門是向內開的，而愛麗絲的手肘又緊緊的頂著門，所以兔子的努力結果徒勞無功。愛麗絲聽到牠自言自語說：「那麼我就繞過去從窗戶進去。」

「那樣子你也進不來！」愛麗絲心想，然後，等到她認為好像聽到兔子就在窗子底下時，她出其不意的伸出手，在空中抓了一下。結果什麼也沒抓到，只聽到一小聲尖叫和東西跌落的聲音，還有玻璃的破裂聲，她從那些聲音研判兔子有可能是跌進瓜棚，或類似的東西裡了。

接著傳來憤怒的聲音，是兔子的聲音：「派特！派特！你在哪？」然後是一個她從未聽過的聲音，「我在這裡啊！在挖蘋果，閣下！」

「挖蘋果，還真的呢！」兔子生氣的說：「我在這裡！過來幫我離開這東西！」（更多的碎玻璃聲。）

「派特，窗內是什麼東西？」

「那是一隻手臂，閣下！」（他還把它念成「一資叟臂」了。）

「一隻手臂，你這呆頭鵝！有那麼大的手臂嗎？哇，整個窗戶都被它塞滿了！」

「確是如此，閣下。它就是一隻手臂。」

「好吧，無論如何，它在那兒也沒什麼用，去把它拿走！」之後沉寂了好一陣子，愛麗絲只偶爾聽到一些低語聲。「我不喜歡它，閣下，一點也不，一點也不！」「照我的話去做，你這膽小鬼！」最後她再度伸出她的手，憑空又抓了一下。這一次傳來兩個尖叫聲，以及更多的碎玻璃聲。「牠們的瓜棚可真不少！」愛麗絲心想。「不知牠們接下來會做什麼！至於把我拉出窗戶的話，我可是巴不得牠們做得到！我自己是不想再待在這裡了！」

她在寂靜中等了一會兒，最後終於傳來車輪的滾動聲，且伴隨著多人同時講話的聲音。她辨別出說話的內容是：「另一架梯子在哪裡？唉，我只帶一架來。比爾帶另一架來了，比爾！把它拿過來，老友！這裡，把它們立在這角落，不，先把它們綁緊，它們都還夠不到一半的高度，喔！它們已經夠用了！別那麼講究了，這裡，比爾！抓住這條繩子，屋頂承受得住嗎？小心鬆動的瓦片，喔，它要掉下來了！頭低下來！」（傳來響亮的破裂聲）「誰弄的？是比爾吧，我想。誰要從煙囪下去？不，我不要！你去！那，我也不要！叫比爾下去。嘿，比爾！主人叫你爬下煙囪！」

「喔！那麼是比爾要從煙囪下來，是吧？」愛麗絲自言自語說：「哇，牠們好像什麼事都推給比爾！我可一點也不想成為比爾。沒錯，這壁爐是很窄，不過我想我可以稍微踢一下！」

她盡可能把煙囪裡的腳往下縮，等到聽見一隻小動物（她猜不出是哪種動物）在煙囪裡又抓又爬的接近她上方時，她對自己說了聲：「這就是比爾。」便一腳狠狠的踢出去，然後等著看接下來會發生什麼事。

她先聽到眾口一致的呼聲，「比爾出來了！」然後是兔子單獨的聲音，「站在樹籬邊的人！抓住牠！」接著沉默了一下，然後又是一片混亂聲，「把牠的頭扶起來……現在白蘭地……別嗆著牠了……怎麼樣了，老朋友？發生了什麼事？告訴我們一切經過！」

最後傳來微弱、尖細的聲音，（「那是比爾的聲音。」愛麗絲心想。）「嗯，我也不知道……不喝了。謝謝你，我現在好些了，但我自己也一頭霧水，說不清楚。我所知道的是，有個像蹦跳盒似的東西朝我彈過來，然後我就像火箭一樣一飛衝天了！」

「你的確是如此，老朋友！」其他的動物說。

「我們必須燒了這棟房子！」兔子發聲說。這時愛麗絲用最大的聲音喊道：「如果你這麼做，我就叫狄娜

來抓你！」

當下立刻一片死寂，於是愛麗絲自己又想，「不知牠們下一步要做什麼！如果牠們有點常識，就會把屋頂拆掉。」過了一兩分鐘，牠們又開始到處走動，愛麗絲聽到兔子說：「一車就夠了，開始吧。」

「一車什麼？」愛麗絲想，但她也沒有多少時間好納悶，因為緊接著小石子就像陣雨般嘎啦嘎啦的從窗戶打進來，有一些還因此打在她臉上。「我要結束這一切，」她自語道，然後大喊：「你們最好別再這麼做！」這句話引來另一片死寂。

愛麗絲接著驚訝的注意到落在地板上的小石子都變成了小蛋糕，於是她腦中出現快樂的念頭。「假如我吃一塊這個蛋糕，」她想，「它一定會改變我的大小，而看來它不可能使我再變得更大，我猜，它一定會使我變小些。」

因此她吃下一塊蛋糕，並且很高興的發現自己立刻縮小了。等她小到可以穿過門，便立即跑出屋子，結果發現有一大群動物和鳥類等在屋外。可憐的小蜥蜴——比爾，站在中間，由兩隻天竺鼠扶著，牠們正從瓶子裡倒一些東西給牠喝。牠們一見到愛麗絲出現便全部衝了過來，她開始拚命的跑，不久就發現自己安全的逃到一個濃密的林子裡了。「我現在該做的第一件事，」愛麗絲在樹林裡，邊走邊對自己說：「就是長回我原本的尺寸；第二件事就是找到入口，進入那座可愛的花園。我想這是最棒的計畫。」

毫無疑問，這聽起來是個很棒的計畫，且安排得簡明扼要；唯一的困難是，她根本不曉得從何著手，而且當她在樹叢中焦慮的到處窺望時，正上方傳來一小聲尖銳的吠叫使她連忙抬頭張望。

一隻巨大的狗正以大大的圓眼睛看著她，且輕輕的伸出一隻腳掌，試著碰她。「可憐的小東西！」愛麗絲邊哄牠，邊努力對牠吹口哨；不過她心裡一直都很害怕，因為想到牠可能是餓了，在此情形下不管她如何哄，小狗都很有可能會一口吃掉她。

不知不覺中，她撿起一小段樹枝，將它伸向小狗，小狗立刻整個身體跳到空中，高興的叫了一聲，然後衝向樹枝，假裝要咬它。這時愛麗絲躲到一大叢薊花後面，免得被小狗踩扁；當她一出現在另一邊，小狗就又衝向樹枝，還因抓樹枝的動作過於急促而絆倒。愛麗絲想到這好比在與一匹拉車馬玩遊戲，隨時有可能被牠踐踏在腳下，於是便又繞到薊花叢後。小狗開始連續幾次向樹枝俯衝，每次都往前進一點然後又後退一大段距離，同時一直粗聲吠叫，直到最後牠終於遠遠的坐下來，喘著氣，舌頭懸垂在嘴巴外，大眼睛半閉著。

愛麗絲認為這是逃走的好機會，於是她立刻行動，一直跑到精疲力盡、喘不過氣，確定小狗的吠聲在遠方聽起來很微弱時才停止。

「可是牠真是一隻可愛的小狗！」愛麗絲說，一邊倚在

一棵金鳳花上休息，一邊用一片葉子搧風：「我會很樂意教牠一些小把戲，假如……假如我當時的身材大小適合這麼做的話！喔，天哪！我差點忘了自己必須再長大！我想想看，要怎麼做呢？我想我應該要再吃點什麼，或喝點什麼，或用其他的方式。但最大的問題是，什麼東西呢？」

最大的問題當然是「什麼東西」。愛麗絲看看四周的花草，但就是看不到適合在此情況下吃或喝的東西。她身邊長著一棵大蘑菇，大約和她一樣高；當她在蘑菇的下方、兩側，以及後方到處看時，突然想到或許也該看看蘑菇上面有什麼。

她踮起腳尖站起來，從蘑菇的邊緣窺望，結果立刻和一隻藍色的大毛毛蟲四目交接，毛毛蟲雙臂交叉坐在頂上，靜靜的吸著一管長長的水煙筒，根本不理會愛麗絲或任何其他的東西。

5 毛毛蟲的忠告

毛毛蟲和愛麗絲默不作聲的互相凝視了一段時間，最後毛毛蟲把水煙筒抽出嘴巴，然後懶洋洋充滿睡意的向她開口說話。

「妳是誰？」毛毛蟲問。

這實在是個不太吸引人的開場白。愛麗絲很不好意思的回答：「我……我不太清楚，先生，就目前來說……至少我今早起床的時候還知道自己是誰，但我想從那以後我一定已經變了好幾次了。」

「妳說這話是什麼意思？」毛毛蟲嚴肅的問：「自己好好解釋一下！」

「恐怕，我自己也解釋不出來，先生，」愛麗絲說：「因為我不是我自己了，你知道的。」

「我不知道。」毛毛蟲說。

「恐怕我無法說得更清楚了，」愛麗絲很有禮貌的回答：「首先，因為我自己也弄不清楚；再說，一天內變成多種不同的身材大小，是很令人困惑的。」

「不會啊。」毛毛蟲說。

「嗯，或許是你還沒有感覺到這種情況吧，」愛麗絲說：「可是當你必須變成一個蛹——你總有一天會變的，你知道……之後再變成蝴蝶，我相信這麼一來你就會覺得有點怪異了，不會嗎？」

「一點也不會。」毛毛蟲說。

「好吧，或許你的感覺可能不同，」愛麗絲說：「但我只知道，我會覺得很怪異。」

「妳！」毛毛蟲輕蔑的說：「妳是誰呀？」

這又讓他們回到對話的起點了。愛麗絲對於毛毛蟲這麼簡短的話語感到有點惱怒，便將身體再拉高一點，然後嚴肅的說：「我想，首先，你應該告訴我，你是誰。」

「為什麼？」毛毛蟲問。

這又是個傷腦筋的問題了，而且由於她想不出任何好理由，加上毛毛蟲似乎情緒不佳，她於是轉身離開。

「回來！」毛毛蟲在她身後叫道。「我有重要事情要說！」

這話聽起來還頗有希望的，愛麗絲便又轉身回來。

「控制妳的脾氣。」毛毛蟲說。

「就這樣？」愛麗絲說，一邊盡量抑制住自己的怒氣。

「不。」毛毛蟲說。

愛麗絲心想自己最好等著，反正她也沒事做，而且或許最終牠還是可能會說些值得一聽的事。有好幾分鐘的時間毛毛蟲不發一語的吐著煙，但最後牠張開雙臂，將水煙筒再度抽出嘴巴，然後說：「那麼妳認為自己已改變了，是嗎？」

「恐怕我是的，先生，」愛麗絲說：「我無法像以前一樣將事情記得清楚，而且我也無法連續十分鐘保持同樣的大小！」

「記清楚什麼事？」毛毛蟲問。

「嗯，我曾試著要背〈忙碌的小蜜蜂〉，但說出來的卻與心中所想的不同！」愛麗絲傷心的回答。

「背一下〈你老了，威廉爸爸〉。」毛毛蟲說。

愛麗絲握緊雙手，開始背了起來：

「你老了，威廉爸爸，」年輕人說：「而且已然白髮蒼蒼；卻不斷的倒立，你想，依你年紀，這可適當？」

「年輕時，」威廉爸爸對兒說道，「我曾擔心此或對腦不利；然而，既已確定無損我腦，哎，我便因而樂此不疲。」

「你老了，」青年說：「如我先前言，身材又臃腫；進門仍能後空翻，請說說，究竟是何因？」

「年輕時，」老父說，灰髮同時邊晃動，「四肢得以極柔軟，全賴使用此軟膏——一盒一先令，賣你兩盒試試看？」

「你老了，」青年說：「下顎已衰微，任何硬過脂肪物早應咬不動；然你卻能吃下整隻鵝，連骨帶鵝嘴，何能如此，請說明？」

「年輕時，」老父說：「我上法庭，與妻凡事皆辯論：下顎肌力得於此，並且延續至如今。」

「你老了，」青年說：「凡人實難以想像你的眼力穩如昔；然你卻能平衡鰻魚鼻尖上，如此精明是何理？」

「我已回答三問題，如此想必已足夠，」老父說：「別再裝腔又作勢！你想整天聽此，我願否？滾吧，否則踢你下樓去！」

「妳念得不對。」毛毛蟲說。

「是不完全正確，」愛麗絲畏怯的說：「有些詞句改變了。」

「從頭到尾都錯了。」毛毛蟲肯定的說，然後又是一陣靜默。

後來毛毛蟲先開口。

「妳希望自己是什麼尺寸？」牠問。

「喔，我對尺寸並不挑剔，」愛麗絲急忙回答，「只是人總不喜歡經常變來變去，你知道的。」

「我不知道。」毛毛蟲說。

愛麗絲不發一語，以前從沒有人這樣反駁過她，所以她覺得自己又快控制不了脾氣了。

「妳現在滿意了嗎？」毛毛蟲說。

「嗯，假如你不介意的話，我希望能再大一點，先生。」

「這樣的高度很好啊！」毛毛蟲生氣的說，而且一邊說著一邊還把自己身體直立起來（牠實際上只有三吋高）。

「但我不習慣這個高度！」愛麗絲用可憐的語調乞求著，同時心想，「希望這種生物不是這麼容易被冒犯！」

「妳總會習慣的。」毛毛蟲說。然後又把水煙筒放進口中，開始抽起煙來。

這一次愛麗絲耐心的等待，直到牠願意再度說話。一兩分鐘後，毛毛蟲把嘴裡的水煙筒抽出來，然後打了一兩個呵欠，並且扭動一下身體。接著爬下蘑菇，進入草叢，行進間只說了句話：「一邊讓妳大，一邊讓妳小。」

「什麼東西的一邊?什麼東西的另一邊？」愛麗絲心裡想著。

「蘑菇的邊。」毛毛蟲說，彷彿她有大聲問似的。接下來牠就不見蹤影了。

愛麗絲端詳了蘑菇一會兒，想要弄清楚它的兩邊在哪裡；但由於它是圓形的，所以她發現這真是個難題。然而，她最後只好盡量伸長手臂繞著蘑菇，然後兩手各撥下一小片蘑菇。

「現在哪一邊是哪一種？」她自言自語，並咬一點右手那片試試效果，緊接著她的下巴感受到一記重擊，它碰到自己的腳了！

她被這突如其來的改變嚇壞了，但同時感覺到沒時間好浪費了，因為她正在急速縮小當中，因此她馬上咬了另外一片。由於她的下巴緊貼著腳，所以嘴巴差點張不開。不過她最後總算成功了，並設法吞下一小塊左手的那片蘑菇。

*　　*　　*

「耶，我的頭終於自由了！」愛麗絲雀躍的說，但興奮之情隨即轉為恐慌，因為她發現自己的肩膀竟然看不見了：當她低下頭，她所能看到的，就只是長得嚇人的脖子，看起來就像從下方遙遠的碧綠樹海中伸出來的一枝葉柄。

「那些綠色的東西是什麼呢？」愛麗絲說：「我的肩膀到哪兒去了呢？還有，我可憐的手，我怎麼看不到你們呢？」說話的同時她還邊搖動雙手，但除了遠處綠葉中的一點騷動外，似乎見不到絲毫結果。

由於她的手似乎不可能伸到頭上來，她於是試著把頭低下去找它們，結果很高興的發現自己的脖子像蛇一樣，可以任意四處轉動。她成功的把脖子往下彎成一個優美的弧度，正準備把頭探進濃密的綠葉間——也就是那片她之前遨遊其中的樹林，不過現在它們看來就只是樹梢而已——就在這時，一陣尖銳刺耳的噓聲，使她急忙把頭縮回來。一隻大鴿子已飛到她面前，不斷用翅膀猛烈的拍她。

「蛇！」鴿子尖叫著說。

「我不是蛇！」愛麗絲憤慨的說：「別煩我！」

「蛇，我再說一遍！」鴿子重複說，但語氣已緩和了些，接著又啜泣的說：「我試盡了各種辦法，但似乎沒有一樣是最適合的！」

「我一點都不懂你在說什麼。」愛麗絲說。

「我試過樹根，也試過河岸，還試過樹籬，」鴿子不理會她，繼續說著：「但那些蛇！牠們就是不滿意！」

愛麗絲越來越迷糊了，但她想多說也沒用，只好等牠把話說完了。

「好像孵蛋還不夠辛苦似的，」鴿子說：「我還必須日夜留意那些蛇！唉，這三個禮拜以來我都還沒闔過眼呢！」

「我很難過你受騷擾了。」愛麗絲說，她開始了解鴿子的意思了。

「我才剛選擇了林中最高的樹，」鴿子繼續說，音量漸漸提高成刺耳的尖叫聲，「心裡才正想著這下總算避開牠們了，除非牠們從天上蜿蜒而下！哦，蛇！」

「我告訴你，我不是蛇！」愛麗絲說：「我是個……我是個……」

「好吧，那妳是什麼？」鴿子說：「我看得出妳正試著要捏造個什麼東西吧！」

「我……我是個小女孩。」愛麗絲說，但想到自己這一天中所經歷的多重變化，語氣不免相當猶豫。

「還真像說故事似的！」鴿子說話的語氣裡充滿了不屑。「我這一輩子中也見過不少小女孩，就沒見過一個脖子長成這樣的！不，不！妳是一隻蛇，怎麼抵賴都沒用。我猜妳接下來是不是要告訴我妳從沒吃過蛋啊！」

「我當然吃過蛋，」愛麗絲說，她是個很誠實的孩子，「但你知道，小女孩跟蛇一樣是常吃蛋的。」

「我不相信，」鴿子說：「但果真如此的話，那麼她們也是蛇的一種，我只能這麼說了。」

愛麗絲倒是從沒這麼想過，因此她靜下來想了一會兒，這又給了鴿子說話的機會。「妳在找蛋，我相當清楚；這麼一來，妳是小女孩或蛇，跟我又有什麼關係？」

「對我可是關係重大，」愛麗絲急促的說：「事實上，我並不是在找蛋；就算我是，我也不會要你的蛋。我不喜歡吃生蛋。」

「好，那麼，滾吧！」鴿子惱怒的說，同時又蹲回巢裡去。愛麗絲於是盡量在樹叢中蹲下來，因為她的脖子不時被樹枝纏住，必須停下來把它們解開。不久後，她記起自己手中還握著那些蘑菇，於是開始小心的吃，先咬一點其中的一片再換另一片，因而一下長高又一下縮小，直到終於成功讓自己回到原有的高度。

由於她經過了長時間的變化才回復正常的大小，因此一開始還覺得頗不習慣；不過幾分鐘後她就適應了，然後像平常一樣，開始自言自語。「看，我的計畫現在已完成一半了！這些變化真是令人困惑！我都不敢確定自己隨時會變成什麼了！無論如何，現在我已回復正常的大小，下一步就是進入那座可愛的花園。我想想，這要怎麼達成呢？」正當她說著這些話時，她突然來到一處寬敞的地方，其中有座約四呎高的小屋。「誰住在那裡呢？」愛麗絲心想，「依我現在的尺寸碰到他們可行不通，哇，我可會把他們給嚇破膽！」因此她又開始吃一點右手的那片蘑菇，直到把自己縮成九吋高了，才敢大膽的接近那座房屋。

6 豬兒與胡椒

她站在那裡注視著小屋一會兒，正思索著接下來要做什麼時，突然有個穿制服的男僕從樹林中跑出來，（她之所以認為他是個男僕是因為他穿著男僕的制服；否則，若僅由他的臉來看的話，她會說那是隻魚）並用他的指節大聲敲門。另一位穿制服的男僕來開門，圓臉，大眼，就像青蛙一樣；愛麗絲注意到，兩位男僕的頭上都是撲了粉的鬈髮。她很好奇是怎麼一回事，便從樹林慢慢走出來在一旁聽他們的對話。

第一位男僕從腋下拿出一封幾乎和他自己一樣大的信，然後把信交給另一位，同時一邊用嚴肅的聲調說：「致公爵夫人。皇后請她打槌球的邀請函。」接著青蛙男僕覆述一遍，語調同樣莊嚴，只是字序稍有變化，「皇后御賜。請公爵夫人打槌球的邀請函。」

然後兩個互相深深一鞠躬，使得鬈髮都糾結在一起了。

愛麗絲對此笑不可遏，不得不跑回樹林以免被他們聽到；等她再度窺看時魚臉男僕已離

開，另一位則坐在門邊的地上，呆呆的仰望天空。

愛麗絲怯生生的走到門前，敲了敲門。

「敲門是沒有用的，」男僕說：「有兩個理由。第一，我和你在門的同一邊；第二，他們裡面發出的聲響那麼大，不可能會有人聽到妳的。」的確，裡面正傳來驚人的陣陣噪音——連續不停的咆哮和噴嚏聲，夾雜著大量的碎裂聲，像是餐盤或鍋罐摔碎的聲音。

「那麼，請問，」愛麗絲說，「我要怎麼進去？」

「假如門隔在我們之間的話，」男僕不理會她繼續說：「妳的敲門聲或許會有點道理。比方說，假如妳在門內，妳可以敲門，我就會開門讓妳出來，妳知道的。」說話時他一直看著天空，在愛麗絲看來這絕對是不禮貌的行為。「不過或許他也沒辦法吧，」她自語道：「因為他的眼睛幾乎就是長在頭頂上。不過無論如何他總可以回答問題吧。」

「我要怎麼進去呢？」愛麗絲又大聲的問一遍。

「我要在這裡，」男僕說：「一直坐到明天……」

這時房子的門開了，一個大碟子拋了出來，飛向男僕的頭，它擦掠過男僕的鼻子，撞上他身後的一棵樹，然後裂成碎片。

「……或者後天吧。」男僕用同樣的聲調繼續說，彷彿什麼也沒發生過似的。

「我要怎麼進去呢？」愛麗絲又問了一次，聲音提高了些。

「妳還是要進去？」男僕說：「那是第一個問題，妳知道的。」

毫無疑問，的確如此。只是愛麗絲不喜歡人家這麼說。「真可怕，」她喃喃自語，「所有這些動物的爭論方式，都夠把人給逼瘋了！」

男僕似乎認為這是把他的話稍做改變，重複說一遍的好機會。「我要坐在此，」他說：「持續不斷，日復一日。」

「那我要做什麼？」愛麗絲問。

「妳愛做什麼就做什麼。」男僕說，接著便開始吹起口哨來。

「喔，跟他講是沒有用的，」愛麗絲絕望的說：「他是個不折不扣的傻瓜！」於是她開了門走進去。

房子向右通到一個大廚房，裡面瀰漫著煙，公爵夫人坐在當中的一張三腳椅上，抱著一個嬰兒；廚子倚身在火爐邊，正在攪動一個裝滿湯的大鍋。

「湯裡一定是放太多胡椒了！」愛麗絲一邊對自己說，一邊用力打著噴嚏。

空氣中的確是有太多胡椒了，甚至連公爵夫人也噴嚏連連；至於小嬰兒的嚎啕聲與噴嚏聲更是毫不停歇的輪番交替著。廚房裡唯一沒打噴嚏的，就是廚子，和一隻坐在爐邊咧著嘴露齒微笑的貓。

「可否請妳告訴我，」愛麗絲略帶怯意的說，因為她不太確定自己先開口是不是有禮貌，「妳的貓為何會那樣微笑？」

「那是一隻赤郡貓，」公爵夫人說：「那便是原因。豬兒！」

她最後一個字說得又急又猛，使得愛麗絲都跳了起來。但接下來她發現，那是對嬰兒說的，而不是對她，於是她又鼓起勇氣繼續問：

「我不知道赤郡貓是露齒微笑的；事實上，我不知道貓會露齒微笑。」

「牠們都會，」公爵夫人說：「而且牠們大多數也都經常笑。」

「我還沒聽說過有任何會笑的貓。」愛麗絲彬彬有禮的回答，很高興終於能有一番對話。

「妳懂得不多，」公爵夫人說：「那是事實。」

愛麗絲一點也不喜歡這話的語氣，心裡盤算著最好換個話題。就在她努力想話題的時候，廚子提起那鍋湯，然後開始將她伸手可及的東西全往公爵夫人和嬰兒身上丟，先是火鉗，接著是煮鍋、碟子和餐盤。

可是即使被東西打到，公爵夫人也絲毫不理會；而小嬰兒之前已一直在嚎哭，因此也很難說這些撞擊是否傷到他了。

「喔，請當心妳的行為！」愛麗絲叫道，並且在一陣驚恐中跳上跳下。「喔，他珍貴的鼻子要不見了。」那時候，一個特別大的煮鍋飛掠過嬰兒身邊，差點就把他鼻子打掉。

「假如每個人能少管閒事，」公爵夫人用嘶啞的咆哮聲說：「這世界就會轉動得快多了。」

「那可不見得，」愛麗絲說，很高興有機會炫耀一些自己的知識。「試想白晝和黑夜會發生什麼情形！妳知道地球繞其軸心自轉一周要二十四小時……」

「說到斧頭（註），」公爵夫人說：「把她的頭砍下！」

愛麗絲極度不安的瞥了一下廚子，看她是否會照著做；但廚子正忙著攪湯，似乎沒有在聽，所以她繼續接下去說：「我想，是二十四小時吧，還是十二小時？我……」

「喔，別煩我了，」公爵夫人說；「我受不了數字！」說完便又開始哄她的小孩，還一邊唱著類似搖籃曲的歌，而且每唱完一句就猛力的把嬰兒搖一下：

對你小兒說話別客氣，
噴噓連連，打他手要狠：
因他故意激怒你，
明知道這樣很惱人。

合唱

註：此處公爵夫人將軸心axis聽成斧頭axes。

（廚子和嬰兒都跟著唱）

喔！喔！喔！

唱這首歌的第二節時，公爵夫人仍然粗魯的把嬰兒拋上拋下，可憐的小東西哭得這麼厲害，使得愛麗絲幾乎都聽不到歌詞了：

我對小兒疾言又色厲，
噴嚏一出，打他不容忍；
因為只要他願意
享受胡椒不輸人！

合唱

「喔！喔！喔！」

「喂！喜歡的話，妳可以哄他一下！」公爵夫人對愛麗絲說，同時把嬰兒拋給她。「我必須去準備和皇后打槌球了。」說完她便匆匆離開房間。就在她離開時，廚子又在她身後丟了一個煎鍋，不過沒打中她。

愛麗絲費了好些勁才抓住嬰兒，但他實在是個怪形怪狀的小東西，手腳又到處扭動，「活像隻海星似的。」愛麗絲心想。抓著他時，可憐的小東西不斷從鼻子噴氣，就像個蒸氣引擎，而且身體一再蜷縮、伸直，因此，先前的一、兩分鐘，她所能做的就是盡力抓住他。

當她終於摸索出適當的方式來抱他時，（就是把他整個捲起來，像打個結一樣，然後抓住他的右耳和左腳，以防他又把自己鬆開。）她就把他抱到外面清朗的空氣中。「如果我不帶著這個小孩走的話，」愛麗絲想，「不到兩天時間他們就會害死他了。所以丟下他不管，不就等於謀殺他嗎？」她大聲說完最後一句話時，小東西發出像豬一樣的咕嚕聲回答（這時他已不再打噴嚏了）。「別咕嚕咕嚕的，」愛麗絲說：「這種表達方式可一點都不恰當。」

嬰兒又再次咕嚕哼叫，於是愛麗絲焦慮的注視他的臉，看看是否有何毛病。無疑的，他有個明顯的朝天鼻，說它是人的鼻子還不如說是個豬鼻；而且他的眼睛，就嬰兒來說，實在是非常小。總之愛麗絲一點也不喜歡這個東西的長相。「不過或許他只是在嗚咽吧！」她想，然後仔細的再端詳他的眼睛一次，看看是否有淚水。

不，沒有淚水。「假如你要變成豬，親愛的，」愛麗絲認真的說：「我可就和你毫無關係了，請注意！」可憐的小東西又嗚咽起來，（或說發出咕嚕聲，因為實在說不清是哪一種。）然後他們就靜靜的走了一段時間。

愛麗絲才開始在心裡想著：「現在，我把這小東西帶回家後該怎麼處置呢？」這時他又咕嚕咕嚕的哼叫起來，而且叫得很激烈，因此她驚異的低頭注視他的臉。這一次錯不了，牠不折不扣是隻小豬，因此愛麗絲覺得再繼續抱著牠走實在很荒謬。

於是她把這小東西放下來，如釋重負的看著牠慢慢走進樹林。「假如牠長成人的話，」她自言自語，「牠將是個非常醜陋的孩子。不過牠現在倒是一隻漂亮的豬。」然後她開始回想她所認識的孩子，哪些可能很適合變成豬，並且自言自語說：「如果有人知道正確的方法把他們變成……」這時，她有點驚訝的看到那隻赤郡貓坐在數碼遠的一棵樹上。

貓看到愛麗絲時只是咧著嘴笑。牠看起來脾氣滿好的，不過牠仍然有著長長的爪子和許多尖牙，因此她覺得還是應該謹慎對待牠。

「赤郡貓兒，」她開始小心翼翼的說，因為她一點也沒把握牠是否喜歡這個稱呼。不過，牠只是笑得嘴巴更大了。「看，到目前為止牠還很高興，」愛麗絲心想，於是她又繼續說：「拜託，可否請你告訴我，我該往哪個方向走呢？」

「那可要看妳想去哪兒了。」貓說。

「去哪兒我都不太在乎……」愛麗絲說。

「那麼妳往哪個方向走也就無所謂了。」貓說。

「……只要我能到達某個地方。」愛麗絲進一步解釋。

「喔，妳一定會的，」貓說：「只要妳走得夠遠。」

愛麗絲覺得這句話倒是沒錯，因此她又試著問另一個問題。

「這附近住著什麼樣的人？」

「往那個方向，」貓說，右掌同時指過去，「住著一個製帽匠；而往那個方向去，」貓揮動另一隻掌，「住著三月兔。你想拜訪哪個都可以，反正兩個都瘋了。（註）」

「可是我不想和瘋子打交道。」愛麗絲說。

「喔，這可由不得妳，」貓說：「在這裡我們都是瘋子。我瘋了。妳也瘋了。」

「你怎知道我瘋了？」愛麗絲說。

「妳一定是瘋了，」貓說：「否則就不會到這裡來了。」

註：英語有 as madas a hattey，（瘋得像製帽匠）及 as mad as a March hare（瘋得像三月的兔子）。

愛麗絲認為這話一點也不具說服力；無論如何，她繼續說：「那你又怎麼知道你自己瘋了？」

「首先，」貓說：「狗不瘋。妳同意嗎？」

「我想是吧。」愛麗絲說。

「好，那麼，」貓繼續說：「妳看，狗生氣時吼叫，高興時搖尾巴。但現在我是高興時低吼，饑餓時搖尾巴。所以我是瘋了。」

「我認為那只是嗚嗚叫，不是低吼。」愛麗絲說。

「隨妳怎麼說都好，」貓說：「妳今天要和皇后打槌球嗎？」

「我很希望去，」愛麗絲說：「但我還沒被邀請。」

「妳會在那裡看到我。」貓說著，然後就消失了。

愛麗絲對此倒是不怎麼驚訝，她對於發生奇怪的事已習以為常了。當她注視著貓原來所在的地方時，牠突然又出現了。

「順便問一下，嬰兒怎麼了？」貓說：「我差點忘記問了。」

「牠變成一隻豬了。」愛麗絲平靜的回答，似乎貓回來是很自然的事一樣。

「我想也是。」貓說，然後又消失了。

愛麗絲等了一下，有點是希望能再看到牠，但牠沒出現，幾分鐘後她繼續朝據說住著三月兔的方向走去。「製帽匠我以前見過了，」她對自己說：「三月兔應該會有趣得多，而且現在是五月，牠或許不會太瘋。至少不像在三月時那麼瘋。」她說這話時，抬頭一看，貓又在那兒了，坐在一棵樹的枝幹上。

「妳剛剛說的是豬還是無花果？」貓問（註）。

「我說的是豬，」愛麗絲回答：「還有，我希望你別老是這樣突然出現又突然消失，你會讓人頭暈的。」

「好的。」貓說，這一次牠真的消失得很慢，首先消失的是尾巴尖端，最後消失的是微笑，甚至在全身都消失後，微笑都還停留了一段時間。

「哇！沒有微笑的貓我是常常看到，」愛麗絲想，「但只有微笑沒有貓！這可是我平生所見最奇怪的事了！」

她沒走多遠就看到三月兔的房子，她想應該就是那棟房子沒錯，因為它的煙囪狀似耳朵而屋頂又覆蓋著毛。房子好大，因此她先吃了點左手的蘑菇，讓自己長成約二呎高了才靠近。即使如此，她走向房子時還是相當謹慎，還自言自語的說：「萬一牠一直都相當瘋狂呢？我會後悔沒去拜訪製帽匠。」

註：豬pig和無花果fig音近。

7 瘋狂茶會

屋前的一棵樹下擺著一張桌子，三月兔和製帽匠正在那兒喝茶，一隻睡鼠坐在他們當中，一下子就睡著了，而另外兩位則把牠當靠墊，手肘都倚在牠身上，還在牠頭頂上說話。「睡鼠一定很不舒服，」愛麗絲心想，「只是，牠既然睡著了，我想也就無所謂了吧。」

那是一張大桌子，但三位卻全擠在一個角落：「沒空位了！沒空位了！」看到愛麗絲走過來時他們齊聲喊道。

「空位多得很！」愛麗絲憤慨的說，然後在桌子一端有扶手的大椅子上坐下來。

「喝點酒吧。」三月兔殷勤的說。

愛麗絲環顧桌面，桌上除了茶以外什麼也沒有。「我沒看到任何酒。」她說。

「根本沒酒。」三月兔說。

「那麼你提議喝酒就不太有禮貌了。」愛麗絲生氣的說。

「而妳沒被邀請就坐下來，也不怎麼有禮貌。」三月兔說。

「我不知道這是你的桌子，」愛麗絲說：「桌上的擺設可遠超過只供三個人坐。」

「妳的頭髮該剪了，」製帽匠說。他之前已好奇的注視了愛麗絲好一會兒，現在才開口說第一句話。

「你該學學別做人身攻擊，」愛麗絲語帶嚴肅的說：「那是很無禮的。」

製帽匠聽到這話不覺睜大了眼睛，但卻只是說：「烏鴉為何像寫字檯？」

「好耶，我們現在可以來點好玩的了！」愛麗絲心想。「我很高興你們開始猜謎語了。我想我猜得出來。」她大聲的說。

「妳的意思是說，妳認為妳可以找出答案？」三月兔說。

「就是這個意思。」愛麗絲說。

「那麼妳就應該把話說清楚。」三月兔繼續說。

「我說了，」愛麗絲急忙回答：「至少……至少我把要說的意思表達出來了……那是一樣的。」

「一點都不一樣。」製帽匠說：「妳乾脆說『我看到我要吃的』和『我吃我所看到的』是一樣的意思！」

「妳乾脆說，」三月兔補充說：「『我喜歡我得到的』和『我得到我喜歡的』是同一回事！」

「妳乾脆說，」睡鼠也加了進來，牠似乎是邊睡邊說：「『我在睡覺時呼吸』和『我在呼吸時睡覺』也是一樣的！」

「對你來說是一樣的。」製帽匠說。到此對話便打住了，然後他們這一群靜坐了片刻，而愛麗絲則絞盡腦汁思索她對於烏鴉和寫字檯的印象，但想不出什麼來。

製帽匠首先打破沉靜。「今天是這個月幾號了？」他轉向愛麗絲說。他已將錶從口袋裡拿出來，並且不安的看著錶，還不時甩甩它，再把它湊近耳朵。

愛麗絲想了一下，然後說：「四號。」

「錯了兩天！」製帽匠嘆口氣說：「我說過，奶油是不適合的！」他加了一句，並生氣的看著三月兔。

「那已是最好的奶油。」三月兔謙遜的回答。

「沒錯，但一定是有一些麵包屑也掉進去了，」製帽匠喃喃抱怨著說：「你不該用奶油刀把奶油放進去的。」

三月兔拿過手錶且神情抑鬱的看著它，然後把錶浸入他那杯茶裡面，再拿起來看看，但除了第一次說的話以外，他也找不到更好的話說了：「那是最好的奶油。」

愛麗絲之前也好奇的越過他的肩膀看著。「多有趣的錶！」她說：「只標示月分和日期而不標示時間！」

「為何要標示時間？」製帽匠喃喃自語：「難道妳的錶會標示出年分來？」

「當然不會，」愛麗絲胸有成竹的回答：「那是因為它會有好長的時間停留在同一年。」

「我的情形也是如此。」製帽匠說。

愛麗絲完全搞迷糊了。製帽匠的話，她似乎完全聽不懂，然而它又千真萬確是英文。「我不太懂你說的。」她說，口氣盡可能的客氣。

「睡鼠又睡著了。」製帽匠說，並倒了些熱茶在牠鼻子上。

睡鼠不耐煩的搖搖頭，然後眼都沒睜的說：「當然，當然，正是我想要說的話。」

「妳猜出謎語了沒？」製帽匠又轉向愛麗絲說。

「沒有，我放棄了，」愛麗絲回答：「謎底是什麼？」

「我也不知道。」製帽匠說。

「我也不知道。」三月兔說。

愛麗絲微微嘆口氣。「我想你應該利用時間做點較有用的事，」她說：「而不是把它浪費在說沒有謎底的謎語上。」

「假如妳和我一樣認識時間的話，」製帽匠說：「妳就不會說浪費『它』了。應該說『他』」。

「我不懂你的意思。」愛麗絲說。

「妳當然不懂！」製帽匠說，同時輕蔑的搖晃他的頭。「我敢說妳甚至從來沒和時間說過話。」

「或許沒有吧，」愛麗絲謹慎的回答：「但我知道學音樂時要打拍子（beat time）。」

「啊！原因就在此，」製帽匠說：「他受不了打擊的。看，如果妳和他關係良好，妳想要什麼樣的時間，他幾乎都可幫妳調。舉個例，假設現在是早上九點鐘，正是上課的時間：妳只要輕輕給時間一點暗示，那麼時鐘轉眼間便會轉動！一點半，吃飯時間到了！」

（「我真希望是。」三月兔低聲自言自語。）

「那可真棒，」愛麗絲若有所思的說：「但那時……我應該還不餓吧。」

「或許，一開始不餓吧，」製帽匠說：「但妳可以隨妳高興在一點半愛停多久就停多久。」

「你就是這麼做的嗎？」愛麗絲問。

製帽匠悲傷的搖搖頭。「不是我！」他回答：「我們去年三月吵了一架……就在他發瘋前，妳知道……」（一邊用他的茶匙指著三月兔。）「……那是在紅心皇后舉行的大型音樂會上，我必須唱

一閃，一閃，小蝙蝠！究竟為何而忙碌！

「妳知道這首歌吧？」

「我聽過類似的歌曲。」愛麗絲說。

「它下面還有歌詞，」製帽匠繼續說：「是這樣子的——

高高飛在天空上，

像個茶盤在飄盪。

一閃，一閃——」

這時睡鼠搖晃了一下，然後開始在睡眠中唱「一閃，一閃，一閃，一閃……」唱個沒完，所以他們只好捏住牠，讓牠停下來。

「嗯，我都還沒唱完第一段，」製帽匠說：「那時皇后跳起來大吼：『他在謀殺時間！砍下他的頭！』（註）」

「多可怕的野蠻人！」愛麗絲叫。

「從那之後，」製帽匠用悲傷的語調說：「他就不理會我的任何要求了！所以現在永遠是六點鐘。」

愛麗絲腦裡靈光一閃。「那就是這麼多茶具擺在這裡的原因囉？」她問。

註：歌詞中的twinkle除閃亮外，亦有短時間、瞬間之意，故皇后才會有「謀殺時間」之語出現。

「是的，沒錯，」製帽匠嘆口氣說：「永遠是茶點時間，而且我們根本沒有一點時間去清洗這些東西。」

「我猜，你們就一直繞圈圈挪動座位？」愛麗絲說。

「完全正確。」製帽匠說。

「但當你們繞了一圈回到起點時會怎樣？」愛麗絲大膽的問。

「我們換個話題好不好，」三月兔打個呵欠，插嘴道：「我聽這個聽煩了。我提議由年輕的小姐講個故事給我們聽。」

「恐怕我沒故事好講。」愛麗絲說，同時被此提議嚇了一大跳。

「那麼就由睡鼠來講！」他們兩個同時喊道。「醒醒，睡鼠！」並且還同時在睡鼠的身體兩側各捏了一把。

睡鼠慢慢睜開牠的眼睛。「我沒有在睡覺，」牠用粗啞、微弱的聲音說：「你們說的每一句話我都聽到了。」

「說個故事給我們聽！」三月兔說。

「對，拜託你！」愛麗絲懇求。

「還有，要說快點，」製帽匠加進來說：「要不然故事還沒講完你就又睡著了。」

「從前有三個小姐妹，」睡鼠趕緊說：「她們的名字分別是艾爾西、蕾西和蒂莉；她們住在一個井底……」

「她們吃什麼過活？」愛麗絲說，她總是喜歡問些有關吃喝的問題。

「她們吃糖蜜過活。」睡鼠想了一下，然後說。

「她們不可能這麼做，」愛麗絲溫和的說：「這樣她們會生病的。」

「她們是病了，」睡鼠說：「而且病得很嚴重。」

愛麗絲試著想像這種特殊的生活方式會是什麼樣子，但實在想不通，所以她又繼續說：「但她們為何要住在井底呢？」

「再喝點茶吧，」三月兔神情認真的對愛麗絲說。

「我都還沒有喝過任何東西，」愛麗絲頂了回去，「所以我不能再多喝。」

「妳的意思應該是無法少喝，」製帽匠說：「多喝比什麼都不喝要容易多了。」

「沒人問你的意見。」愛麗絲說。

「現在是誰在做人身攻擊了？」製帽匠以勝利的口吻問。

愛麗絲不知道該如何回答，於是便自顧自的喝了點茶和吃些奶油麵包，然後轉向睡鼠，再把問題問一次。「她們為何要住在井底？」

睡鼠又想了一下，然後說：「那是個糖蜜井。」

「哪有這種東西！」愛麗絲開始生氣了，但製帽匠和三月兔同時說：「噓！噓！」而且睡鼠也不高興的說：「假如妳不能有點禮貌的話，那妳最好是自己來把故事說完。」

「不，請繼續說吧！」愛麗絲謙遜的說：「我不會再打岔了。我想可能是有這麼樣的一口井。」

「一口，真是的！」睡鼠憤憤的說。不過，他終究願意繼續說下去：「因此這三個姐妹……她們正學著汲井，你們知道的……」

「她們汲取什麼？」愛麗絲說，完全把她的承諾拋到九霄雲外了。

「糖蜜。」睡鼠不假思索的說。

「我要一個乾淨的茶杯，」製帽匠打岔說：「我們全往前移一個位置吧。」

他邊說就邊往前移，睡鼠在後面跟著移動，三月兔移到睡鼠的位置，而愛麗絲則不情願的移到三月兔的位置。製帽匠是唯一從這項移位獲得好處的人，而愛麗絲則比先前糟得多，因為三月兔剛剛才把牛奶罐打翻到盤子裡。

愛麗絲不想再冒犯睡鼠，所以小心翼翼開口說：「但我不懂她們從哪裡汲取糖蜜呢？」

「妳可以從水井汲水，」製帽匠說：「因此，我想妳也就可以從糖蜜井汲取糖蜜。噯，笨嘛！」

「但她們已在井底了。」愛麗絲對睡鼠說，打定主意不理會最後一句話。

「她們當然在井底，」睡鼠說：「……很深的井底。」

這回答把可憐的愛麗絲完全弄迷糊了，所以她有段時間便靜靜的不插嘴讓睡鼠繼續說。

「她們正在學汲井，」睡鼠繼續說著，還邊打呵欠邊揉眼睛，因為牠已經很睏了：「而且汲取出各種東西……各種M開頭的東西……」

「為什麼是M開頭的東西？」愛麗絲問。

「有何不可？」三月兔說。

愛麗絲沉默不語。

睡鼠這時已闔上眼睛，開始打盹了；但，製帽匠一捏牠，牠便尖叫一聲醒了過來，然後繼續說：「……M開頭的東西，例如捕鼠器（mouse-traps）、月亮（moon）、記憶（memory）和大同（muchness）……妳知道妳會說東西『大同小異』（much of amuchness），但妳見過汲取『大同』這樣的事嗎？」

「真的，你問倒我了，」愛麗絲相當困惑的說：「我不認為……」

「那麼妳就不應該開口，」製帽匠說。

愛麗絲再也無法忍受這種無禮，她嫌惡的站起來，並且走開；睡鼠立刻睡著，而另外兩位一點也沒有注意到她離開，雖然她曾回頭望一兩次，多少希望他們會呼喚她。她最後一次回頭看他們時，他們正試著要把睡鼠塞到茶壺裡去。

「無論如何我都不要再回那裡去了！」愛麗絲穿過樹林時說：「那是我這輩子所參加過最愚蠢的茶會了！」

正當她說著這句話時，她注意到一棵樹有個小門可以通進去。「那可真奇怪！」她想。「但反正今天每件事都很奇怪。我想我最好立刻進去。」於是她便走了進去。

她發現自己再一次置身在那個長廳裡，靠近小玻璃桌的地方。「現在，我會處理得好一點了。」她自言自語的說，先是拿那把金色的小鑰匙，然後打開通往花園的門。接著開始小口的咬蘑菇（她留了一片在口袋中），直到把自己變成約一呎高，接著她穿過小通道，然後，她發現自己終於到達美麗的花園，置身在鮮豔的花床與清涼的噴泉中。

8 皇后的槌球場

花園的入口附近有一大叢玫瑰，上面的玫瑰花原是白的，但有三個園丁在花叢那兒，正忙著把它們漆成紅色的。愛麗絲心想這可是怪事，於是便走近一點去看，才走到他們旁邊，愛麗絲便聽到其中一位說：「小心，黑桃五！別老是把油漆濺到我身上！」

「我沒辦法啊，」黑桃五不高興的說：「是黑桃七碰到我的手肘。」聽到這句話，黑桃七抬頭說：「很好，黑桃五！你總是把過錯推到別人身上！」

「你最好別說話！」黑桃五說：「我昨天才聽皇后說你該被斬首的！」

「為什麼？」第一個說話的人問。

「你別管，黑桃二！」黑桃七說。

「他當然要管！」黑桃五說：「而且我就是要告訴他——原因是他錯把鬱金香球莖當成洋蔥拿給廚子了。」

黑桃七丟下刷子，才剛開口說：「好吧，要說不公平的事……」時，眼光正好落在愛麗

絲身上，她那時正站在一旁看著他們，於是黑桃七頓然停住要說的話。另外兩位也轉過來，然後三個全都深深一鞠躬。

「你們可否告訴我，」愛麗絲有點怯意的說：「你們為何要漆這些玫瑰花？」

黑桃五和黑桃七沒有出聲，只是看著黑桃二。黑桃二開始低聲的說：「事情是這樣的，妳看，小姐，這裡原本應該是種紅玫瑰的，但我們錯種成白玫瑰了，假如皇后發現的話，我們可就要人頭落地了。所以妳看，小姐，我們正盡力的，在她來以前，要……」就在這時，黑桃五，他剛剛就一直不安的環顧著花園，此時叫了出來，「皇后！皇后！」然後三個園丁全部面朝下趴得平平的。接著傳來一陣腳步聲，愛麗絲則東張西望，一心想見到皇后。

首先出現十個拿球棍的士兵，這些士兵的樣子和三位園丁相同，都是扁扁的長方形，手腳長在四個角落。接下來是十個侍衛，他們全身都是方塊圖案，而且和士兵一樣，兩個兩個並排的走。跟在後面的是皇室子女，一共有十位，這些小可愛兩個兩個手牽手，快活的一路跳過來，他們的圖案是心型的。然後是來賓，大部分是國王和王妃，愛麗絲看到白兔也在其中，牠說話的樣子急促而緊張，不管聽到什麼都微笑以對，走過愛麗絲身旁也沒注意到她。再來是紅心傑克，用深紅色的絨布墊捧著國王的皇冠；最後，在這一群浩浩蕩蕩的隊伍後面，出現了國王與紅心皇后。

愛麗絲相當懷疑自己是否需要像三位園丁一樣趴下來，但她印象中又好像沒聽說過遊行隊伍有這樣的規定，「再說，這樣子遊行隊伍有什麼用，」她心想，「假如人人都面朝下趴著，根本看不到他們？」於是她就站在原地等候著。

當隊伍走到愛麗絲面前時，他們全都停下來注視著她，皇后嚴厲的說：「這位是誰？」她這句話是對紅心傑克說的，但他只是行個禮以微笑作為回答。

「白癡！」皇后說，同時不耐煩的甩了一下頭，然後轉向愛麗絲繼續問，「妳叫什麼名字，孩子？」

「回陛下的話，我叫愛麗絲，」愛麗絲很有禮貌的回答，但接著又自言自語的說：「唉，他們畢竟只是一堆紙牌，我不需要怕他們的！」

「那這些又是誰？」皇后問，用手指著趴在玫瑰花叢旁的三個園丁；因為，他們是面朝下趴著，而背上的圖案又和其他人一模一樣，所以她分不出他們究竟是園丁，還是士兵，還是侍衛，或者是三個她自己的孩子。

「我怎麼知道？」愛麗絲說，一邊對自己的勇氣感到詫異。「那又不關我的事。」

皇后氣得滿臉通紅，然後，像頭野獸般兇狠的瞪了她一會兒後，尖叫著說：「砍下她的頭！砍下——」

「荒唐！」愛麗絲大聲且堅決的說，於是皇后靜了下來。

國王把手放在她臂上，膽怯的說：「考慮一下，親愛的，她只是個小孩！」

皇后憤怒的轉身離開，然後對紅心傑克說：「把他們翻過來！」

紅心傑克依言照辦，小心翼翼的，用一隻腳去翻。

「起來！」皇后用尖銳、宏亮的聲音說，三位園丁立刻跳起來，然後開始向國王、皇后、皇室子女，以及所有其他的人一一行禮。

「別行禮了！」皇后尖叫：「你們讓我都頭暈了。」然後，轉向玫瑰樹，繼續說：「你們剛剛都在這裡做什麼？」

「回陛下的話，」黑桃二用極其卑微的聲音說，而且一邊說還一邊屈膝下跪，「我們正試著……」

「我知道了！」皇后說，她那時已檢視過那些玫瑰花。「砍下他們的頭！」然後隊伍繼續前進，只留下三位士兵去處決那些園丁，他們於是都跑到愛麗絲那兒尋求庇護。

「你們不應被斬首！」愛麗絲說，並把他們藏到身旁的一個大花盆裡。三位士兵四下搜索了一陣子後，就默默的跟在隊伍後面繼續前進。

「他們人頭落地了沒？」皇后咆哮道。

「回陛下的話，他們已被斬首了。」士兵們大聲回答。

「很好！」皇后大叫：「妳會玩槌球嗎？」

士兵們沉默不語，並看著愛麗絲，這問題顯然是針對她問的。

「會！」愛麗絲大聲答道。

「那麼，來吧！」皇后吼道，愛麗絲於是加入這個行列，很好奇接下來會發生什麼事。

「今天……今天天氣真好！」她身旁出現一個細怯的聲音。原來她正走在白兔旁邊，而牠正不安的注視著她的臉。

「的確，」愛麗絲說：「……公爵夫人呢？」

「噓！噓！」白兔壓低聲音急促的說。說話時還不安的回頭張望，然後踮起腳尖站高起來，把嘴湊近她的耳朵，輕聲耳語說：「她正等著被處決。」

「為什麼？」愛麗絲問。

「妳剛剛是說『真遺憾！』嗎？」白兔問。

「不，我不是，」愛麗絲說：「我一點也不覺遺憾。我是說『為什麼？』」

「她摑皇后耳光……」白兔開始說。愛麗絲發出一聲尖笑。「喔，噓！」白兔語調驚恐的輕聲說：「皇后會聽到的！她來得很晚，而皇后說……」

「各就各位！」皇后以如雷的吼聲叫著，於是所有的人開始四處跑動，還不時互相被絆倒；不過，幾分鐘後他們終於安頓就位，於是比賽開始。

愛麗絲心想她這一輩子可從沒見過這麼奇怪的槌球場，到處是凹凸不平的土堆與窪溝，球是活刺蝟，球棍是活紅鶴，而士兵們則須彎身、手腳著地來形成拱門。

愛麗絲碰到的第一個問題就是應付她的紅鶴。她成功的把牠塞在臂膀下，讓牠兩腿下垂，姿勢還算舒服，但每一次，正當她把紅鶴的脖子拉直，準備用牠的頭去打刺蝟時，牠就會自己扭轉回來並盯著愛麗絲的臉看，一臉困惑的神情總使得愛麗絲忍不住笑出聲來。然後等她把紅鶴的頭壓下去，準備再度開始時，卻又很氣人的發現，刺蝟已將身子伸直，正在爬走。除了這些之外，她想將刺蝟打出去的地方通常又都有土堆或窪溝，而且，加上那些彎身的士兵總是會站起來走到別的地方，因此愛麗絲得到的結論就是：這真是一場很艱難的球賽。

參賽者都不依順序立刻開始打，同時一直在吵架，且爭奪刺蝟；沒多久皇后就已情緒激動，大步的走來走去，並且幾乎每分鐘都會大叫著：「砍下他的頭！」或「砍下她的頭！」

愛麗絲開始覺得非常不安。當然，她還沒有跟皇后有任何爭執，但她知道這有可能隨時會發生，「那時，」她心想，「我會發生什麼事？他們這裡酷愛砍人家的頭；教人驚奇的是，竟還有人活著！」

她四處張望想找辦法逃走，懷疑自己能否偷偷逃走而不被發現，就在那時她注意到空中出

現一個奇怪的東西，起初她相當困惑，但注視了一會兒以後，她看出那是個微笑，於是她對自己說：「那是赤郡貓，現在我可有個談話的對象了。」

「妳好嗎？」一待出現足夠說話的嘴巴時，貓便說。

愛麗絲等到牠眼睛出現了，才點點頭。「現在跟牠說話沒有用，」她想，「除非等牠耳朵出現，或至少出來一隻耳朵。」接下來整個頭都出現了，於是愛麗絲放下她的紅鶴，開始敘述這場比賽，心裡很高興有人聽她說話。貓似乎認為牠出現的部分已夠了，於是其他的部分便不再出現。

「我認為他們的比賽一點都不公平，」愛麗絲開始說，語氣中充滿了埋怨，「而且他們又都吵得這麼厲害，以致連自己說話都聽不到了，再說他們似乎也沒有任何特定的規則；至少，就算有的話，也沒人在遵守。而且你不曉得所有的東西都是活生生的，這有多麻煩；比方說，我接下來該打進去的拱門，現在正在球場的另一端四處走動，而我剛剛應該要打皇后的刺蝟了，只是不知牠是否一看到我來就跑掉了？」

「妳喜歡皇后嗎？」貓小聲的問。

「一點也不，」愛麗絲說：「她實在是非常的……」就在那時她注意到皇后就近在身後，正在聽著，因此她接著說：「……可能會贏，因此根本沒必要打完這場比賽。」

皇后微笑著走過去。

「妳在跟誰講話？」國王走近愛麗絲問，並且疑惑不解的看著貓的頭。

「牠是我的朋友——赤郡貓，」愛麗絲說：「請容我介紹牠。」

「我一點也不喜歡牠的樣子，」國王說：「不過，假如牠願意的話，可以親我的手。」

「我才不要。」貓說。

「不得無禮，」國王說：「而且別那樣看著我！」他一邊說話一邊繞到愛麗絲後面。

「貓可以看著國王，」愛麗絲說：「我在某本書裡讀過，但我忘了是在哪兒讀的了。」

「嗯，牠必須移走，」國王堅決的說，他於是叫喚皇后，她這時已經朝這邊走過來了，「親愛的，我希望妳叫人把貓移走。」

皇后解決任何難題，無論大小，只有一個辦法。

「砍下他的頭！」她頭都不回的說。

「我自己去叫行刑者。」國王急切的說完，便匆匆離開了。

愛麗絲心想她最好回去，看看比賽進行得如何了，因為她聽到遠處傳來皇后的聲音，激動的尖叫。她之前已聽到有三個參賽者因錯過比賽順序而被她處以死刑，而且她一點也不喜歡比賽的情形，比賽是如此的混亂，以致她根本不知道是否輪到她打了。於是她便去找她的刺蝟。

她的刺蝟正在跟另一隻刺蝟打架，這在愛麗絲看來，正是用其中一隻去打另一隻的好機會，唯一的困難是，她的紅鶴已跑到球場的另一端，而且愛麗絲可以看到牠正無助的嘗試要飛到樹上。

等到她把紅鶴抓回來時，打鬥早已結束，而兩隻刺蝟也已不見蹤影，「不過也沒什麼關係，」愛麗絲想，「反正球場的這一邊也都沒有拱門了。」於是她把紅鶴塞在臂膀下，以防牠再逃走，然後又回去和她的朋友談點話。

當她回到赤郡貓處，她驚訝的發現有一大群人聚在牠旁邊：行刑者、國王和皇后之間正在進行一場爭論，他們三個同時在講話，而其餘的人則相當沉默，並且看起來非常不自在。

愛麗絲一出現，三個便爭相要她解決這個問題，並分別將自己的論調說給她聽，由於他們都同時開口，所以她覺得實在很難分辨清楚他們說的話。

行刑者的論調是，除非有身體，否則不可能把頭砍掉。他以前從沒做過這種事，而且在他有生之年他也不打算破例。

國王的論調是，只要有頭便可斬首，因此要行刑者別再說些無稽之談。

皇后的論調則是，如果不馬上採取行動，她便要將每個人處死，包括所有的人。（就是最後這句話，使得所有的人看起來如此嚴肅與不安。）

愛麗絲想不出要說什麼，只好說：「牠是公爵夫人的，你們最好問問她。」

「她在牢裡，」皇后對行刑者說：「把她帶到這裡來。」行刑者於是箭一般的飛奔而去。

他一走，貓的頭便漸漸消失，並且，等到他把公爵夫人帶回來時，牠早已完全消失不見了。國王和行刑者便狂亂的四處找牠，而其餘的人則回去繼續比賽。

9 假龜的故事

「妳一定不知道，我再見到妳時，我有多高興，親愛的老友！」公爵夫人說著，並一邊熱情的挽住愛麗絲的手，然後兩人一起走開。

愛麗絲看她心情這麼好也很高興，心裡想著第一次相遇，在廚房時她的粗野或許只是胡椒的關係吧。

「假如我成為公爵夫人的話，」愛麗絲自言自語（不過倒也不是很期待的語氣）：「我的廚房裡一定不要有胡椒。不加胡椒的湯也很好喝的……或許就是胡椒使人脾氣暴躁，」她繼續說著，心裡很高興自己發現了一項新準則，「醋使湯味酸，甘菊使它們味苦……而……而麥芽糖這一類的東西則使兒童成為可人兒。我真希望人們能知道這點，那麼他們在這方面就不會這麼小氣了，你知道……」

她這時已完全把公爵夫人給忘了，所以聽到她的聲音出現在耳邊時還吃了一驚。「妳在想事情吧，親愛的，所以妳都忘記說話了。我現在想不出關於這種情形的格言，但我應該很快便會想到的。」

「或許根本就沒有。」愛麗絲大膽的說。

「嘖，嘖，孩子！」公爵夫人說：「凡事皆有格言，只要妳能體會得出。」然後一邊說話一邊挨近愛麗絲身邊。

愛麗絲並不喜歡和她靠這麼近：第一，因為公爵夫人實在很醜；第二，因為她的高度正好可以把下巴靠在愛麗絲肩上，而她的下巴又尖得讓人不舒服。不過，她也不想表現得無禮，因此便盡量忍受它。

「比賽現在進行得比較好了。」她試著讓談話繼續下去。

「的確如此，」公爵夫人說：「這其中的格言便是——『喔，是愛，是愛，使世界運轉！』」

「有人說過，」愛麗絲輕聲說：「讓世界運轉的方法是各人自掃門前雪！」

「啊，意思是差不多的，」公爵夫人說，同時在她繼續往下說時還把尖下巴往愛麗絲的肩膀重重的壓下去，「那個的格言便是……『殊途同歸。』」

「她可真愛從各種事情中去找尋格言！」愛麗絲心想。

「我敢說妳一定在納悶為何我不將手環著妳的腰，」公爵夫人停了片刻後說：「原因在於，我不清楚妳那隻紅鶴的脾氣。我要不要做個實驗呢？」

「牠可能會咬人。」愛麗絲謹慎的回答，一點也不希望她做這個實驗。

「很可能，」公爵夫人說：「紅鶴和芥末兩者都會刺傷人。這一點的格言就是……『物以類聚。』」

「只是芥末並非鳥類。」愛麗絲說。

「沒錯，一般來說，」公爵夫人說：「妳解釋事情的方式可真清楚！」

「我想，它是一種礦物。」愛麗絲說。

「它當然是。」公爵夫人說，她似乎打定主意要贊同一切愛麗絲所說的話；「這附近有個大芥末礦。這當中的格言是……『我擁有的越多，你擁有的便越少。』」

「喔，我知道了！」愛麗絲高聲說，沒注意到最後那句話，「那是一種蔬菜。雖然看起來不像，但確實是一種蔬菜。」

「我非常同意妳說的，」公爵夫人說；「這個的格言就是……『要表裡一致』……或者妳希望用簡單一點的方式說，『千萬別認為自己不會和他人對你可能有的觀點不同，因此你認為自己以前或向來呈現的樣子，並沒有不同於你早先的樣子。其實在他人看來已不同了。』」

「我想我應該可以更了解一些，」愛麗絲很客氣的說：「如果我把它寫下來的話會更好。光是用聽的我無法完全聽懂。」

「只要我高興，要把它說多長都可以。」公爵夫人回答，掩不住聲音中的得意。

「請妳不用麻煩的把它說得更長。」愛麗絲說。

「喔，別說麻煩！」公爵夫人說：「我將我迄今所說的話送妳當禮物。」

「廉價的禮物！」愛麗絲心想。「真高興他們不會送這種生日禮物！」不過她並沒有大膽的將這話大聲說出來。

「又在想事情了？」公爵夫人問，尖下巴同時又戳了一下。

「我有想的權利。」愛麗絲尖銳的回答，因為她開始覺得有點焦躁了。

「就好像，」公爵夫人說：「豬有飛的權利一樣，而這個格……」

說到這裡，讓愛麗絲覺得很意外的是，公爵夫人的聲音中斷了，甚至連她最喜歡的字「格言」都還沒說完，而挽著她的手臂竟開始發抖。愛麗絲抬頭一看，原來皇后就站在她們面前，雙手交叉，不悅的臉色有如暴風雨。

「天氣真好，陛下！」公爵夫人開始用低沉、微弱的聲音說。

「現在，我給妳應有的警告，」皇后吼道，而且一邊用力跺腳：「看是妳，還是妳的頭要離開，而且是立刻！自己選！」

公爵夫人立即做了選擇，很快的走了。

「我們繼續比賽吧。」皇后對愛麗絲說。愛麗絲嚇得說不出話來，只是慢慢的跟著她回到槌球場。

其他的賓客利用皇后不在的時間，都到樹蔭下休息。不過，一看到皇后回來，他們便都急忙回去比賽，皇后則說只要有稍微耽擱，便要他們的命。

在比賽期間，皇后一直和其他的參賽者吵架，並叫著：「砍下他的頭！」或「砍下她的頭！」被她判刑的人都被士兵帶去監禁起來，這麼一來他們當然就必須離開不能當拱門，因此約半個小時後，球場上便都沒有拱門了，而所有的參賽者，除了國王、皇后和愛麗絲以外，也都被監禁起來並等候被處決。

這時皇后才停下來，喘得上氣不接下氣的對愛麗絲說：「妳見過假龜了沒？」

「沒有，」愛麗絲說：「我甚至不曉得什麼是假龜。」

「就是煮假龜湯的東西。」皇后說。

「我從沒見過，也沒聽過。」愛麗絲說。

「那麼，來吧，」皇后說：「他會把他自己的故事說給妳聽。」

她們一起走開時，愛麗絲聽到國王低聲對群眾用仁慈的聲音說：「你們都被赦免了。」

「耶，那可是一件好事！」她自言自語。因為她對於皇后下令處決那麼多人感到相當難過。

他們很快便碰到獅鷲獸，牠正在陽光下睡覺。「起來，懶東西！」皇后說：「帶這位小姐去看假龜，聽他的故事。我要回去監督一些我下令的死刑的執行情形。」然後她便離開，留下愛麗絲一個人和獅鷲獸在一起。愛麗絲不太喜歡這隻動物的長相，但整體來說，她認為和牠在一起，總比隨那野蠻的皇后還要安全得多，因此她便留下來等著。

獅鷲獸坐起來揉揉眼睛，然後看著皇后，直到她消失在視線外，接著便咯咯的笑起來。

「真好笑！」獅鷲獸說，半是對自己，半是對愛麗絲。

「什麼事這麼好笑？」愛麗絲說。

「啊，她呀，」獅鷲獸說：「那純粹是她的幻想，也就是說，他們從未處決任何人。來吧！」

「這裡每個人都在說『來吧！』，」跟在牠後面慢慢走時，愛麗絲心想：「我這輩子還沒有如此被使喚過，從來沒有！」

他們走了一小段路就遠遠的看到了假龜，悲傷且孤獨的坐在岩石上一小塊突出的地方，而且，當他們走近時，愛麗絲可以聽到牠那種心都要碎了的嘆息聲。她不禁深深的同情牠。

「牠在傷心什麼？」她問獅鷲獸，獅鷲獸回答的話，跟先前說過的差不多，「那純是他的幻想，也就是說：他並沒有傷心事。來吧！」

於是他們走到假龜身邊，假龜用充滿淚水的大眼睛看著他們，卻一語不發。

「這位年輕的小姐，」獅鷲獸說：「她想知道你的故事，她真的想喔。」

「我會跟她說的，」假龜用深沉、空洞的語調說：「坐下來，兩位，而且在我說完前請別出聲。」

於是他們坐了下來，並且有好幾分鐘的時間都沒人說話。愛麗絲心想，「我不懂他怎能說得完，假如他不開始說的話。」不過她還是耐心等待。

「從前，」假龜終於開口，且深嘆一口氣，「我是一隻真正的烏龜。」

講完這些話，隨之而來的又是一陣很長的沉默，其間只有獅鷲獸發出的「咯呃」聲，以及假龜連續的啜泣聲。愛麗絲差點就要站起來說：「先生，謝謝你有趣的故事。」但她又想著後面一定還有更多的故事，因此她便靜坐著不說話。

「我們小時候，」假龜終於繼續說，雖然還不時啜泣，但已平靜多了，「上的是海底的學校。老師是一隻老烏龜……我們通常叫他陸龜先生……」

「你們為何叫他陸龜，如果他不是的話？」愛麗絲問。

「我們叫他陸龜是因為他教導我們，（註）」假龜生氣的說：「妳還真蠢！」

「妳真該為自己問這麼簡單的問題感到羞愧，」獅鷲獸接著說，然後兩個都靜靜坐著並看著可憐的愛麗絲，她這時恨不得有個地洞可鑽進去。最後獅鷲獸對假龜說：「繼續吧，老友！別整天說這個了！」於是他繼續下面的話：

「沒錯，我們上海底的學校，雖然妳可能不相信……」

「我沒說我不信啊！」愛麗絲插嘴道。

註：因陸龜tortoise音似「教我們」taught us。

「妳有！」假龜說。

「閉嘴！」獅鷲獸說，不讓愛麗絲有開口的機會。

假龜又繼續。

「我們有最好的教育。事實上，我們每天上學……」

「我白天也都上學，」愛麗絲說：「你不用那麼自豪。」

「有額外課程嗎？」假龜有點不安的說。

「有啊，」愛麗絲說：「我們學法文和音樂。」

「以及洗滌？」假龜說。

「當然沒有！」愛麗絲憤憤的說。

「哈！那麼妳上的就不能算是真正的好學校，」假龜如釋重負的說：「而我們的學校在單子的後面寫有：『法文，音樂，和洗滌——額外的。』」

「你們不可能很需要它的，」愛麗絲說：「既然住在海底的話。」

「我負擔不起學那一項，」假龜嘆了口氣說。「我只上正規的課程。」

「哪些課程？」愛麗絲問。

「一開始，當然是旋轉和盤繞，」假龜回答：「然後是各種算術——抱負，困惑，醜化，

和愚弄。」

「我從沒聽過『醜化，』」愛麗絲大膽的說：「那是什麼？」

獅鷲獸驚訝的舉起雙掌。「什麼！沒聽過醜化！」牠大叫：「妳知道什麼叫美化吧？」

「知道，」愛麗絲猶疑的說：「它表示……去……使……任何東西……更美麗。」

「好，那麼，」獅鷲獸繼續說：「如果妳不懂醜化是什麼意思，妳就是個傻瓜。」

愛麗絲沒勇氣再繼續問下去，於是便轉向假龜說：「你們還學些什麼？」

「嗯，還有神祕學，」假龜說，一邊用他的手數出科目，「……神祕學，古典的和現代的，有關海洋學的，然後是緩慢……緩慢的老師是一隻老海鰻，他通常一週來一次：他教我們緩慢，伸展，和捲成一團暈倒。」

「那是什麼樣子？」愛麗絲說。

「嗯，我無法自己示範給妳看，」假龜說：「我太僵硬了。而獅鷲獸則從未學過。」

「沒時間，」獅鷲獸說：「不過我有上古典老師的課。他是隻老螃蟹，真的。」

「我沒上過他的課，」假龜嘆息著說：「他教歡笑和悲傷，他們都是這麼說的。」

「沒錯，沒錯。」獅鷲獸說，這下換他嘆氣了。然後兩個都把頭埋進手裡。

「你們一天上幾個鐘頭的課？」愛麗絲說，急著改變話題。

「第一天十個鐘頭，」假龜說：「第二天九個鐘頭，以此類推。」

「多奇怪的計畫！」愛麗絲大聲說。

「這就是之所以叫作『課程』的緣故（註），」獅鷲獸說：「因為它們會一天比一天少。」

這對愛麗絲而言倒是個新觀念，於是她想了一下才再開口。「那麼第十一天一定是假日了？」

「當然囉！」假龜說。

「那第十二天你們怎麼做？」愛麗絲很好奇的繼續問。

「課程談得夠多了，」獅鷲獸語氣堅決的打斷談話：「現在告訴她一些遊戲的事。」

註：課程 lesson 和減少 lessen 同音。

10 龍蝦方塊舞

假龜深深的嘆口氣，然後用手背抹過眼睛。他看著愛麗絲想要說話，但啜泣使他有一兩分鐘發不出聲音來。「就像有骨頭卡在他喉嚨一樣，」獅鷲獸說。然後他開始在假龜背後又搖又拍的。最後假龜終於恢復聲音，然後，在淚水不斷順著臉頰流下的同時，他繼續又說：

「妳可能沒有經常住在海底吧……」「我沒有。」愛麗絲說。「同時妳甚至可能從來就不認識龍蝦……」愛麗絲開始說：「我有一次嘗過……」但隨即趕緊止住她的話，然後說：「不，從未。」「……因此妳就不可能知道龍蝦方塊舞是多愉快的一件事了！」

「的確，我不知道，」愛麗絲說：「它是什麼樣的一種舞？」

「唉，」獅鷲獸說：「首先妳在海灘上排成一列——」

「兩列！」假龜叫道：「海豹，烏龜，鮭魚等等，然後，當你把水母清除掉……」

「那通常要花一些時間。」獅鷲獸插嘴說。

「……你前進兩次……」

「每次都由一隻龍蝦當舞伴！」獅鷲獸大喊。

「當然，」假龜說：「前進兩次，找好舞伴。」

「換龍蝦，然後退回原位。」獅鷲獸接著說。

「然後，你知道，」假龜繼續說：「你抛出……」

「龍蝦！」獅鷲獸高聲叫著，還騰空一躍。

「……使盡力氣抛到海中……」

「跟在他們後面游過去！」獅鷲獸尖叫。

「在海上翻個觔斗！」假龜喊著，且狂熱的跳來跳去。

「再換龍蝦！」獅鷲獸高呼。

「然後再回到陸上，這便是第一節的舞步。」假龜說，但聲音突然變小；然後這兩個剛剛還一直瘋狂得到處跳的動物，再一次悲傷且沉默的坐下來，看著愛麗絲。

「那一定是很美的舞蹈。」愛麗絲怯怯的說。

「妳想欣賞一下嗎？」假龜說。

「的確很想。」愛麗絲說。

「來，我們來試跳第一節！」假龜對獅鷲獸說：「沒有龍蝦我們也可以跳。誰來唱歌？」

「喔，你唱，」獅鷲獸說：「我已忘了歌詞了。」

因此他們開始莊嚴的繞著愛麗絲跳起舞來，跳得太接近時還偶爾會踩到愛麗絲的腳趾，並且一邊揮動前掌打拍子，在這同時假龜非常緩慢且悲傷的唱出：

鱈魚對蝸牛說：「你可以走快一點嗎？」
有隻海豚緊跟在我們後面，他一直踩到我的尾巴。
看龍蝦和烏龜們前進得多熱烈！
他們正等在海灘上——你可願加入此舞蹈行列？
願嗎，不願嗎，願嗎，不願嗎，你可願加入舞蹈的行列？
願嗎，不願嗎，願嗎，不願嗎，你不願加入舞蹈的行列？
你可能完全不明白那有多歡暢，當他們將我們舉起又拋出，和龍蝦一起，被拋到海上！蝸牛回答說：「太遠了，太遠了！且斜眼一瞥……」
說鱈魚的好意他謝了，但他不願加入舞蹈的行列。
不願，不能，不願，不能，不願加入舞蹈的行列。
不願，不能，不願，不能，不能加入舞蹈的行列。
「拋多遠又何妨？」多鱗的朋友對他說：「還有一個岸，你知道，就在海的另一邊。
離英國越遠離法國越近也——」
所以臉色別發白，摯愛的蝸牛，但請加入舞蹈的行列。
願嗎，不願嗎，願嗎，不願嗎，你可願加入舞蹈的行列？

願嗎，不願嗎，願嗎，不願嗎，你不願加入舞蹈的行列？

「謝謝你們，真是有趣的舞蹈，」愛麗絲說，心裡很高興它終於結束了，「而且我真的很喜歡關於鱈魚那首好玩的歌！」

「喔，說到鱈魚，」假龜說：「牠們……妳見過牠們吧？」

「見過，」愛麗絲說：「我經常在餐……上看到牠們。」她急忙止住要說的話。

「我不知道『餐上』在哪裡，」假龜說：「不過既然妳常見到牠們，妳當然知道牠們是什麼樣子。」

「我想是的，」愛麗絲仔細想想後回答。「牠們的尾巴塞在嘴裡……而且全身都是麵包屑。」

「關於麵包屑這一點，妳錯了，」假龜說：「在海裡，麵包屑會被沖洗掉。不過牠們倒真是將尾巴塞在嘴裡，原因在於……」說到這裡假龜打了個呵欠且閉上眼睛。「將所有的情形及原因說給她聽。」他對獅鷲獸說。

「原因在於，」獅鷲獸說：「牠們要和龍蝦去跳舞。所以牠們就會被丟進海裡。所以牠們會下墜很長的距離。所以牠們將尾巴牢牢的塞在嘴裡。所以牠們也就拿不出來了。就是這樣。」

「謝謝你，」愛麗絲說：「這實在很有趣，我以前對鱈魚從來沒這麼了解過。」

「妳想知道的話，我還可以多告訴妳一些，」獅鷲獸說：「妳知道為何把牠叫作鱈魚嗎？」

「我從沒想過這一點，」愛麗絲說：「為什麼？」

「因牠們處理靴子和鞋子。」獅鷲獸神情嚴肅的回答。

愛麗絲完全迷糊了。「處理靴子和鞋子！」她語氣困惑的重複一遍。

「哎，妳的鞋子用什麼處理的？」獅鷲獸說：「我的意思是說，是什麼東西使它們閃閃發亮的？」

愛麗絲低頭看看鞋子，考慮了一下才回答：「我相信，它們是用黑鞋油處理的。」

「海底的靴子和鞋子，」獅鷲獸繼續以低沉的聲音說：「就是用鱈魚處理的。現在妳知道了吧。（註）」

「那它們是用什麼製成的？」愛麗絲很好奇的問。

「鯧魚和鰻魚啊，」獅鷲獸相當不耐煩的回答：「任何一隻蝦子都可以回答妳這個問題。」

「如果我是那鱈魚，」愛麗絲說，她的思緒仍繞著那首歌打轉，我就會對那隻海豚說：「拜託，請退後，我們不希望你跟著我們！」

「他們一定要有海豚跟著，」假龜說：「任何聰明的魚到哪兒都會有海豚相隨。」

「不是真的吧？」愛麗絲以相當驚訝的口氣說。

註：原文中的whiting同時有鱈魚和擦亮東西之意。

「當然是真的，」假龜說：「哇，如果有隻魚來找我，並告訴我牠要去旅行，我就會問『和什麼海豚去？』」

「你說的該是『目的』吧（註）？」

「我說怎樣就是怎樣。」假龜以防衛性的口吻回答。這時獅鷲獸接著說：「好了，讓我們聽聽妳的經歷吧。」

「我可以把我的經歷說給你們聽……從今天早上開始，」愛麗絲有點羞怯的說：「回溯到昨天是沒有用的，因為我那時候是個完全不同的人。」

「全部解釋一下。」假龜說。

「不，不！先說妳的經歷，」獅鷲獸不耐煩的說：「解釋太花時間了。」

因此愛麗絲從初見白兔的時間開始述說她的經歷。一開始她有點緊張，因為這兩隻生物，一邊一隻的緊挨著她，而且眼睛和嘴巴都張得大大的，不過在她繼續往下說時她的膽量也就逐漸恢復了。兩位聽眾非常安靜，直到愛麗絲講到她複誦〈你老了，威廉爸爸〉給毛毛蟲聽，而念出來的詞句卻完全不同的地方，那時假龜深吸了一口氣，然後說：「那可真奇怪。」

「真是再奇怪不過了。」獅鷲獸說。

「說出來的完全都不同！」假龜若有所思的重複著。「我希望現在就聽她試著複誦別的東

註：此處海豚porpoise和目的purpose音似。

西看看。叫她開始念。」他看著獅鷲獸說，似乎認為牠對愛麗絲具有某種程度的權威。

「站起來開始念『那是懶人的聲音』。」

「這些生物可真會指使人，而且還敢叫人念課文！」愛麗絲想：「我還不如現在就在學校裡。」不過，她還是站起來，開始複誦，但因為她整個腦海裡都在想龍蝦方塊舞，所以根本不知道自己在念什麼，而念出來的詞句也就真的很奇怪：

那是龍蝦的聲音，我聽到他說：
「你把我烤得太焦了，我得在我的鬚毛上加點糖。」
如同鴨子用眼瞼，他則用鼻子，
調整皮帶和鈕釦，然後翻轉他的腳趾。
沙灘一片乾燥時，他愉悅如詩人，
且學著鯊魚輕蔑的語調說話；
然而，潮汐上漲鯊魚環伺時，
他的聲音裡卻透露出膽怯與畏縮的氣息。
我經過他的花園，一邊注意到，
貓頭鷹與花豹分享一塊派的情形。
花豹吃掉了派皮，肉汁和肉餡，

而貓頭鷹這一餐只分到了空盤。
當派全吃光時，貓頭鷹得到的賞賜，
是被仁慈的恩准將湯匙納入袋中；
而花豹則低吼一聲接收了刀叉，
然後結束了這場盛宴。

「那和我小時候念的不一樣。」獅鷲獸說。

「嗯，我是從沒聽過，」假龜說：「但它聽起來完全不合邏輯。」

愛麗絲沒說話；她坐下來把臉埋在手裡，心裡想著不知所有的事情能否再恢復正常。

「我希望她能解釋一下。」假龜說。

「她無法解釋，」獅鷲獸急促的說：「繼續念下一節。」

「但關於他的腳趾？」假龜堅持著說：「他怎能用鼻子將它們翻轉出來，你知道嗎？」

「那是跳舞的第一位置，」愛麗絲說。但心裡對整件事已全然迷糊，且相當渴望改變話題。

「繼續念下一節，」獅鷲獸不耐煩的又說了一遍：「開頭是『我經過他的花園』。」

愛麗絲不敢違背，雖然她很肯定自己一定還會念錯，但還是以顫抖的聲音繼續念：

我經過他的花園，一邊注意到，貓頭鷹與花豹分享一塊派的情形……

「一直念那些東西有什麼用，」假龜插嘴道：「假如妳一直念而不解釋的話？那真是我所聽過最令人不解的東西了。」

「對，我想妳最好停止吧。」獅鷲獸說。愛麗絲正巴不得如此。

「我們要不要再試一節龍蝦方塊舞呢？」獅鷲獸接著說：「或者妳想聽假龜唱首歌？」

「喔，如果假龜願意的話，唱歌好了，」愛麗絲回答，同時不掩其渴望之情，因此獅鷲獸語氣相當不悅的說：「哼！人的好惡無法解釋！唱首〈烏龜湯〉給她聽，好嗎，老友？」

假龜深嘆一口氣，然後用時而哽咽的聲音開始唱這首歌：

美味的湯，又濃又綠，
熱騰騰的盛在湯碗裡！
誰會不為如此美味折腰？
夜晚的湯，美味的湯！
夜晚的湯，美味的湯！
美——味——的——湯！
美——味——的——湯！
夜——晚——的——湯，

美味，美味的湯！

美味的湯！誰還在乎魚遊戲，或其他食物？
誰會不願付出一切只為啜飲少量美味的湯？
美——味——的——湯！
美——味——的——湯！
夜——晚——的——湯，
美味，美——味的湯！

「再合唱一次！」獅鷲獸高聲叫，於是假龜開始再唱一遍，就在那時遠方傳來一聲「審判要開始了！」

「來吧！」獅鷲獸大聲說，並且不等歌唱完就拉起愛麗絲的手，匆匆忙忙離開了。

「是什麼審判？」愛麗絲一邊跑一邊喘著問；但獅鷲獸只說「來吧！」並且跑得更快，那時他們身後隱隱由微風中傳送過來憂傷的歌詞：

夜——晚——的——湯，美味，美味的湯！

11 誰偷了餡餅

他們抵達時，國王和皇后正坐在寶座上，旁邊聚集了一大群的群眾，各種鳥類和獸類，以及全副紙牌。紅心傑克站在前面，被上了鐐銬，兩側各有一位士兵看守著他；國王旁邊則是白兔，一手拿著喇叭，一手拿著一卷用羊皮紙書寫的文件。法庭正中央擺著一張桌子，上面有一大盤餡餅，它們看起來很可口，因此，愛麗絲看得肚子都餓了，「希望他們能結束審判，」她想，「然後把點心分給大家吃！」然而這看來是不可能的，因此她開始瀏覽身邊的事物，以打發時間。

愛麗絲以前從未到過法庭，但曾在書裡讀過有關的內容，所以她很高興的發現，幾乎其中每一樣事物的名稱她都知道。「那就是法官，」她自言自語的說：「因為他戴假髮。」

對了，法官就是國王，而因為他假髮上還戴著王冠，所以他那時看起來很不舒服的樣子，當然後來也一直都是如此。

「而那就是陪審團席，」愛麗絲心想，「那十二個生物，（她不得不說「生物」，因為他們有些是動物，有些則是鳥類。）我想就是陪審員了。」由於相當自豪，所以她還將最後一個字重複了兩三遍，因為她心想，而且也是事實，像她這年紀的小女孩很少有人懂得那個字的意思。不過，其實說「陪審團的人」意思也是一樣的。

十二位陪審員都忙著在石板上書寫。「他們在做什麼呀？」愛麗絲輕聲對獅鷲獸說：「審判都還沒開始，他們不可能有東西要寫的。」

「他們在寫自己的名字，」獅鷲獸也小聲的回答：「以免審判還沒結束就把名字給忘了。」

「蠢東西！」愛麗絲按捺不住憤慨的大聲說，但又急忙住口，因為這時白兔高喊，「法庭內肅靜！」而國王則戴上眼鏡不安的張望，想弄清楚是誰在講話。

愛麗絲看得見，而且清楚的好像就站在他們肩後看似的，所有的陪審員都在石板上寫下「蠢東西！」，此外她甚至看到其中有一位不會寫「蠢」字，因此還要請鄰座的教他。「審判結束前他們的石板可就要一團混亂了。」

有一位陪審員的鉛筆還吱吱作響。這一點是愛麗絲無法忍受的，於是她繞過法庭走到他背後，並找到一個機會迅速將它拿走。由於她動作迅速以致那可憐的小陪審員（就是比爾，那隻蜥蜴）根本弄不清楚鉛筆到底跑到哪兒去了；因此，到處找了一陣子後，他不得不在接下來的時間裡用一隻手指頭寫字；但這樣做實在也沒什

麼用，因為根本無法在石板上留下痕跡。

「使者，宣讀罪狀！」國王說。

聽到這句話，白兔馬上吹了三響喇叭，然後展開卷紙，讀出以下的內容：

紅心皇后，她做了一些餡餅，
時間是在一個夏日，
紅心傑克，他偷了那些餡餅，
並將它們悉數拿走！

「現在考慮你們的判決。」國王對陪審團說。

「還沒，還沒！」兔子連忙插進來說：「做判決前還有好多事要做呢！」

「傳喚第一證人，」國王說。於是兔子又吹了三響喇叭，然後高喊：「第一證人！」

第一證人就是製帽匠。他進來時一手端著茶杯，一手拿著一片奶油麵包。「請原諒，陛下，」他開始說：「我帶這些進來，因為我被傳喚時茶會還未完全結束。」

「你們應該已經結束了，」國王說：「你們何時開始的？」

製帽匠看著三月兔，他和睡鼠也相挽著跟在製帽匠後面進入法庭。「我想是三月十四

號。」他說。

「十五號。」三月兔說。

「十六號。」睡鼠也加進來說。

「記下來。」國王對陪審團說，所有陪審員連忙把三個日期記在石板上，然後把它們相加，再把結果改變成先令和便士。

「脫下你的帽子。」國王對製帽匠說。

「那不是我的。」製帽匠說。

「偷的！」國王面向陪審團大聲說，他們於是又立刻將此記下來。

「它們是要賣的，」製帽匠接著解釋：「我自己沒有帽子。我是個製帽匠。」

此時皇后戴上眼鏡，開始盯著製帽匠看，製帽匠臉色發白，開始焦躁不安。

「提出你的證詞。」國王說：「還有，別緊張，否則我就當場處決你。」

這句話對證人可一點都不具鼓勵作用，他雙腳不停的移動，同時不安的看著皇后，混亂中甚至錯把茶杯當成奶油麵包咬了一大口。

就在這時，愛麗絲有一種奇怪的感覺，這感覺令她相當困惑，直到後來她才弄清楚是怎麼回事。原來她又開始變大了，她的第一個念頭就是站起來離開法庭；但繼而一想她決定只要空間夠她坐，她就要留在原位。

「希望妳別這樣一直擠，」睡鼠說，他就坐在愛麗絲旁邊。「我都快窒息了。」

「我沒辦法，」愛麗絲謙和的說：「我正在長大。」

「妳沒有權利在這裡長大。」睡鼠說。

「別胡說，」愛麗絲口氣稍硬的說：「你知道你自己也在長大的。」

「沒錯，但我是以合理的速度在長大。」睡鼠說：「而不是像妳那種荒謬的樣子。」於是他很不高興的站起來，走到法庭的另一邊去。

在這當中皇后都還是一直盯著製帽匠看，而且，就在睡鼠穿過法庭時，她對法庭裡的一位警衛說：「把上次音樂會裡的歌手名單拿給我！」聽到這話，可憐的製帽匠顫抖得更厲害，結果把兩隻鞋子都抖掉了。

「提出你的證詞來，」國王又生氣的說了一遍，「否則我就處決你，不管你緊不緊張。」

「我是個可憐人，陛下，」製帽匠開始以顫抖的聲音說：「……而且我還沒開始茶會……大約還不到一個禮拜前……而至於奶油麵包變得這麼薄……還有茶會亮晶晶……」

「什麼亮晶晶？」國王說。

「是茶會開頭的。」製帽匠回答。

「當然，亮晶晶是T開頭的！（註）」國王尖聲的說：「你當我是傻瓜嗎？繼續說！」

「我是個可憐人，」製帽匠繼續說：「在那之後大部分的事都亮晶晶……只是三月兔

註：茶會tea與字母T同音。

說……」

「我沒有！」三月兔急忙插嘴道。

「你有！」製帽匠說。

「我沒有！」三月兔說。

「他否認了，」國王說：「略過那個部分。」

「嗯，無論如何，睡鼠說……」製帽匠接著又說，同時不安的四處張望，看看他是否也要否認。但睡鼠沒有否認，因為他已睡著了。

「那之後，」製帽匠又說：「我又多切了些奶油麵包……」

「但睡鼠說了什麼？」一位陪審員問。

「我不記得了。」製帽匠說。

「你必須記起來，」國王說，「否則我就處決你。」

可憐的製帽匠丟下茶杯和奶油麵包，用一隻腳下跪。「我是個可憐人，陛下。」他開口說。

「你是個很不會說話的人。」國王說。

這時一隻天竺鼠歡呼起來，但立刻被法庭的警衛鎮壓住。（由於那是個挺難的字，我只好跟你們解釋一下是怎麼做的。他們有個帆布袋，袋口用繩子綁著，他們將天竺鼠頭朝內塞進去，然後坐在它上面。）

「我很高興能看到這個過程，」愛麗絲想。「我經常在報上讀到，在審判要結束時，『有人企圖鼓譟，但立刻被法庭警衛鎮壓住。』我一直到現在才了解它的意思。」

「如果你所知的就只有如此，你可以站下去了。」國王繼續說。

「我已不能再下去了，」製帽匠說：「事實上，我已經在地板上了。」

「那麼你可以坐下去。」國王說。

這時另一隻天竺鼠又歡呼起來，但也被鎮壓了。

「好耶，天竺鼠被解決掉了！」愛麗絲心想。「現在我們可以好好進行了。」

「我寧可去結束我的茶會。」製帽匠說，同時不安的看著皇后，她現在正在看歌手名單。

「你可以走了。」國王說，於是製帽匠連鞋都來不及穿，就火速離開法庭。

「……在外面砍下他的頭。」皇后對一位警衛說，但警衛都還沒走到門口製帽匠就已消失無蹤了。

「傳喚第二證人！」國王說。

第二證人是公爵夫人的廚子。她手拿胡椒罐，人甚至都還沒走進來，愛麗絲便由近門處的人開始同時打噴嚏的樣子，猜到是誰來了。

「提出妳的證詞，」國王說。

「不要。」廚子說。

國王坐立不安的看著白兔，白兔低聲說：「陛下必須盤問這個證人。」

「嗯，假如我必須問，我就一定要問，」國王神情憂鬱的說，然後，他雙臂交叉皺眉，看著廚子直到眼睛瞇得都快看不見了，才用低沉的聲音說：「餡餅是用什麼做的？」

「大部分用胡椒。」廚子說。

「糖蜜。」她身後的聲音說。

「抓住那隻睡鼠，」皇后尖聲喊道：「砍下睡鼠的頭！將睡鼠趕出法庭！鎮壓他！捏他！拔掉他的鬚！」

結果法庭因而陷入混亂一段時間，警衛忙著把睡鼠趕出去，然後，等他們安頓下來時，廚子已經不見了。

「沒關係！」國王說，一副如釋重負的樣子。「傳喚下一位證人。」然後他低聲對皇后說：「真的，親愛的，妳必須來盤問下個證人。這件事實在很讓我頭痛！」

愛麗絲看白兔摸索著名單，心裡相當好奇想看看下個證人是什麼樣子，「……因為他們都還沒得到什麼證據。」她自言自語的說。

當白兔以他最尖細的聲音叫出「愛麗絲！」這個名字時，試想她有多驚訝。

12 愛麗絲的證詞

「我在這裡！」愛麗絲大聲說，且在慌亂中完全忘了在過去幾分鐘內她已長得很大了，由於她跳起來得過於倉促，以至於裙襬都將陪審團打翻了，結果所有的陪審員都被甩到下面的群眾頭上，然後全跌得人仰馬翻，這情形不由得讓愛麗絲想起，有一次她意外打翻一缸金魚的情形。

「喔，實在很抱歉！」她語氣驚慌的說，同時盡快把他們撿起來，因為打翻金魚缸的意外不斷浮現在她腦海裡，所以她隱約覺得，應該立刻把他們撿起來並放回陪審席，否則他們會死掉。

「審判無法進行，」國王以極莊嚴的聲音說：「除非等到陪審員回到正確的位置，而且是所有的陪審員。」他加重語氣再重複了一遍，說話的同時還一邊牢牢盯著愛麗絲看。

愛麗絲看著陪審團，並發現，在匆促中，她把蜥蜴頭下腳上放顛倒了，而那可憐的東西正悲慘的揮動尾巴，動彈不得。她很快的又將他抓起來，然後把他放正：「要不是牠身分重要的話，」她自言自語說：「我可會認為牠在這場審判中那一頭朝上其實都一樣。」

一待陪審員從被打翻的震驚中稍稍平復，且旁人也將尋獲的石板和鉛筆交回給他們以後，所有的陪審員都開始認真工作，把剛剛的意外過程寫下來。只有蜥蜴除外，他似乎已無力做任何事，就只能張著大嘴坐著，眼睛盯著法庭的天花板發呆。

「妳對這件事知道些什麼？」國王問愛麗絲。

「一無所知。」愛麗絲說。

「什麼都不知道？」國王又追問了一次。

「什麼都不知道。」愛麗絲說。

「這點很重要。」國王轉向陪審團說。他們正開始將此寫在石板上時，白兔插嘴說：「陛下的意思，當然就是，不重要。」他說話雖然語氣尊重，卻同時對他蹙眉使眼色。

「當然，我的意思是，不重要。」國王急忙說，然後一邊小聲的對自己說，「重要……不重要……不重要……重要……」似乎在試試看哪一個字聽起來最好。

有些陪審員寫「重要」，有些則寫「不重要」。這些愛麗絲清楚的看在眼裡，因為她和陪審團的距離近得夠她俯視他們的石板了。「不過這一點也無所謂。」她心想。

之前一度忙著在筆記本上寫東西的國王，這時喊了聲「肅靜！」然後將本子裡的內容宣讀出來：「第四十二條規定。所有高過一哩的人離開法庭。」

結果所有的人都看著愛麗絲。

「我不到一哩高。」愛麗絲說。

「妳有。」國王說。

「幾乎兩哩高了。」皇后補充說。

「嗯，無論如何，我不走，」愛麗絲說：「再說，那也不是正常的規則，是你剛剛才新創的。」

「那是書裡最老的規則。」國王說。

「那麼它就應該是第一條才對。」愛麗絲說。

國王臉色發白，並且迅速闔上筆記本。「考慮你們的判決。」他用低而顫抖的聲音對陪審團說。

「還有更多的證據，陛下，」白兔急忙跳起來說：「這裡有張剛撿到的紙。」

「裡面寫什麼？」皇后問。

「我還沒打開看，」白兔說：「但看來像是一封信，是由罪犯寫給——給某人的。」

「這是一定的，」國王說：「除非它是寫給無名氏的，但那可不常見，你知道的。」

「它指名給誰呢？」一位陪審員問。

「根本沒指名，」白兔說：「事實上，外面什麼也沒寫。」他一邊說一邊打開紙，然後接著說：「原來不是一封信，是詩集。」

「是罪犯的筆跡嗎？」另一位陪審員問。

「不，不是，」白兔說：「這就是最奇怪的地方。」（陪審團都一臉困惑。）

「他一定是模仿某人的筆跡，」國王說。（陪審團的表情豁然開朗。）

「陛下，」紅心傑克說：「我沒有寫那些東西，而且也無以證明是我寫的，信尾並無簽名。」

「假如你沒簽名，」國王說：「那只會使情況更糟。你一定是有意惡作劇，否則你就會像個誠實的人一樣簽名了。」

聽到這話之後，響起了一陣掌聲，這可是國王那一天第一次說出有頭腦的話來。

「這就證明他有罪。」皇后說。

「那根本就證明不了什麼！」愛麗絲說：「唉，你們甚至都還不知道裡面是什麼內容！」

白兔戴上眼鏡。「我該從哪裡開始，陛下？」他問。

「從頭開始，」國王莊嚴的說，「一直念到結束，然後停止。」

以下就是白兔念的詩句：

他們告訴我你曾到她那兒，
且向他提起我；
她頗稱讚我，

但說我不會游泳。

他通知他們我還沒離開
（我們知道這是事實）
萬一她追究此事，
你會發生什麼事？

我給她一個，他們給他兩個，
你給我們三個或更多；
他把它們全歸還給你，
雖然它們之前屬於我。

假如我或她萬一碰巧
捲入這件事情，
他信賴你會釋放它們，
一如我們過去的情形。

我認為你曾經是

（在她大發脾氣前）
一個障礙介於
他，我們自己，和它之間。
別讓他知道她最喜歡它們，
因這必須成為
你我之間
不為人知的一個祕密。

「那是我們所聽過最重要的證據，」國王邊搓著手邊說：「所以現在讓陪審團……」

「假如他們當中有任何人能解釋，」愛麗絲說（她過去幾分鐘內已長得非常大，所以她一點也不怕去打斷他的話。）：「我就給他六便士。我不認為這當中有任何意義。」

陪審員都在石板上寫下「她不認為這當中有任何意義。」但沒有人試圖去解釋那張紙的內容。

「假如其中沒有意義，」國王說：「那可就省了一切的麻煩了，妳知道的，因為如此一來我們就不須試著去找出意義了。然而我懷疑，」他繼續說，並且把詩攤在他的膝蓋上，用一隻眼睛去看，「我似乎還是看出了其中的一些含義。」——說我不會游泳——「你不會游泳，對吧？」他轉向紅心傑克說。

紅心傑克悲傷的搖搖頭。「我看起來像會游泳嗎？」他說。（他當然不會游泳，因為他完全是用硬紙板做成的。）

「很好，到目前為止，」國王說；然後繼續喃喃自語念著詩句：「『我們知道那是真的……』那指的是陪審團，當然……『我給她一個，他們給他兩個……』啊，那一定就是他處理餡餅的情形。」

「但它接著說『它們都從他那兒回到你身邊』。」愛麗絲說。

「啊，它們在那兒！」國王指著桌上的餡餅，得意的說：「再沒有比這更清楚的了。然後再一次——『在她發脾氣之前……』，妳從沒發過脾氣，親愛的？」他對皇后說。

「從沒！」皇后憤怒的說，說話的同時還將一個墨水瓶扔向蜥蜴。（不幸的小比爾已停止用手指在石板上寫字，因為他發現根本沒有痕跡；可是現在他又開始趕緊寫起來，用流下他臉龐的墨汁，能寫多久就寫多久。）

「那麼這些話就不適合妳。」國王說，並微笑的環顧法庭。這時一片死寂。

「那是一句雙關語！」國王用不悅的聲調加了一句，然後所有的人都笑了。「讓陪審團考慮他們的判決。」國王說，這大概是那天他第二十次說這句話。

「不，不！」皇后說：「先行刑，後判決。」

「一派胡言！」愛麗絲大聲說：「那有這種先行刑的作法！」

「住口！」皇后說，臉色都發紫了。

「我不要！」愛麗絲說。

「砍下她的頭！」皇后聲嘶力竭的喊。但沒有人動。

「誰理妳？」愛麗絲說（她這時已長回原來的大小了。）：「你們只不過是一副紙牌！」

聽到這話，整副紙牌騰空而起，然後朝她飛撲下來，她發出一小聲尖叫，一半是因為害怕，一半是因為憤怒，並試著把它們打掉……接著就發現自己正躺在河岸邊，頭枕在姐姐的腿上，姐姐正輕輕拂去從樹上飄落到她臉上的葉子。

「醒醒，親愛的愛麗絲！」姐姐說：「哇，妳這一覺睡得可真長！」

「喔，我做了個好奇怪的夢！」愛麗絲說，然後便將她所記得的所有奇妙遭遇，也就是你在書中已讀過的那些內容，盡可能描述給姐姐聽；她說完後，姐姐親了親她，然後說：「那的確是個奇怪的夢，親愛的。但現在跑回去喝茶吧。天快黑了。」於是愛麗絲站起來跑開

了，而且可能一邊跑還一邊在想，那真是個奇妙的夢。

愛麗絲離開時姐姐依然坐著不動，手拄著頭，眼睛注視著夕陽，心裡想著小愛麗絲和她所有的神奇遭遇，直到她自己在一陣幻想之後也開始做起夢來：

首先，她夢到了小愛麗絲，小手再次緊緊抓著她的膝蓋，仰著頭用一雙明亮熱切的眼睛緊盯著她的眼，她可以聽到她獨特的嗓音，看到她的頭不舒服的往後晃，想將老是遮住眼睛的凌亂頭髮甩到後面去，而且當她聆聽，或者似乎在聽時，她身旁的世界也因她妹妹夢境中的奇特生物而變得鮮活起來。

她腳下的長車因白兔匆匆走過而沙沙作響，受到驚嚇的老鼠游過鄰近水池濺得水花處處，她可以聽到三月兔和他的朋友共享永不結束之一餐時，所傳來的杯盤喧鬧聲，以及皇后下令處決不幸賓客的尖叫聲，豬寶寶再次於公爵夫人的膝上打噴嚏，身邊到處是碎裂的碗盤，獅鷲獸尖銳的聲音，蜥蜴那枝石板鉛筆刺耳的聲音，以及天竺鼠被鎮壓的嘶啞聲，再次瀰漫於空氣中，並夾雜著悲慘的假龜從遠處傳來的啜泣聲。

因此她繼續坐著，眼睛半閉，想像自己就在奇境裡，雖然心知總是要再睜開眼睛，然後一切將又變回乏味的現實，車只是因風吹過而沙沙作響，水池因蘆葦的搖動而起漣漪，杯盤的喧鬧聲將化成鈴鐺的叮噹聲，而皇后尖銳的叫聲則變成牧童的聲音，嬰兒的噴嚏聲，獅鷲獸尖銳的聲音，以及其他奇特的吵雜聲，都將化為（她知道）忙碌的農場所發出來的混雜喧鬧聲；而遠處牛群的低鳴聲則將取代假龜濃重的啜泣聲。

最後，在她眼前浮現的景象裡，她看到了這個小妹妹日後自己也將蛻變為成年女子，看到了她在逐漸成熟的歲月裡，依然保有一顆單純且溫柔的赤子之心，還看到了她身邊總吸引著一群兒童，而她那許許多多奇怪的故事也總令他們眼睛發亮且充滿熱情，其中或許就有著古老奇境的夢想。也看到了她與兒童同悲同喜的細膩心懷，因為在她的記憶裡永遠存著她自己的童年，以及那些充滿歡樂的夏日。

1　鏡屋

2　花人園

3　鏡子昆蟲

4　半斤與八兩

5　綿羊與小河

6　蛋人

7　獅子與獨角獸

8　我的獨家發明

9　愛麗絲皇后

10　搖晃

11　甦醒

12　是誰做的夢

鏡中奇緣

《鏡中奇緣》在前往皇后寶座的路上

劉鳳芯

一八六五年《愛麗絲夢遊仙境》一書出版之後，廣受好評，銷量也居高不下，於是路易斯・卡若爾開始認真思考成為一位專業童書作家，同時也盤算繼續發展《愛麗絲夢遊仙境》的故事情節。不過，續集《鏡中奇緣》真正問世，卻是六年之後的事情。

其實卡若爾早在《愛》書獲到好評後，就開始積極聯絡麥克米倫（Macmillan）出版社，提出續集的寫作計畫。但此書在出版過程中，卻遭遇插畫家人選的問題——《鏡中奇緣》仍然需要一位插畫家，約翰・譚紐（John Tenniel）在當時名聲又響又亮，他既已替《愛》書繪製精彩出色的插圖，顯然是再好不過的人選，卡若爾心裡也不作他想。然卡若爾再次接觸譚紐的結果，所得到的答案卻是一口回絕。卡若爾不得已，只好退而求其次，試圖聯絡其他畫家，但最後都因為種種原因，未能定案。最後，卡若爾又花費兩年半的時間說服譚紐首肯，也使得《鏡中奇緣》終能在一八七一年的歲末，以聖誕禮物書的方式推出。

《鏡中奇緣》的銷售景況一如當年《愛麗絲夢遊仙境》那般轟動，甫問世便立即獲致成功，各方佳評如潮。不過《鏡》書雖也是一段墜入奇幻境地的遊歷、富含戲劇化的人物、卡若爾擅長的文字創意組合和無稽詩，但敘事者的口氣、心情、以及所欲傳達的訊息，顯然大不同於《愛》書的歡鬧爛漫。從《愛麗絲夢遊仙境》到《鏡中奇緣》這六年間，現實生活中的小愛麗絲迅速長大，而卡若爾與愛麗絲一家人的相處互動也出現變化，凡此種種，均反映在《鏡》書當中的主題轉移。

回顧《愛麗絲夢遊仙境》書中的小主角，年僅七歲餘，她在仙境當中，常因知識和體型的侷限，受到其他跋扈無理角色的訕笑或威嚇。《愛》書是一則追尋故事，其中包含許多嘗試性的歷險，而故事結尾，愛麗絲恍然發現，仙境的一切原來不過一場夢，她脫離了恐懼，最終還是回到姊姊的保護與家庭的懷抱。來到《鏡中奇緣》的愛麗絲，顯然長大了些，純粹歡鬧的插曲和人物已不能滿足她，她需要經歷獨立與成長；而通過一行又一行的棋格達致皇后位置，正是此一歷程的展現。路易斯・卡若爾專家 Morton N.Cohen 認為棋子和棋賽「……代表年輕人所遭遇必須克服的挫折。棋賽的生命是亦步亦趨、越來越像大人，而女主角必須根據嚴格的規則行進」（1995: 215）。Cohen 同時認為愛麗絲在《鏡》書當中整個奇境旅程有兩層意義：「愛麗絲是在攀爬社會的階梯，最後到達頂端成為皇后，一種獨立與權力的形象；而當她由一格移向另一格之際，也逐步褪去純真轉成大人。幸哉愛麗絲在經歷整個啟蒙儀式的過程中，生存未受威脅[1]。」（1995: 215）

在愛麗絲的啟蒙歷程中，曾經愛她惜她如珍寶的路易斯・卡若爾，則化身為三種角色出現書中，他既是身穿暗紅色甲冑的紅騎士、又是溫和的白騎士、同時還是黃蜂。而愛麗絲與這三位可憐角色的相遇，簡直就是現實生活當中，道吉森與他心愛小女孩關係的放大版。作者看進小女孩的內心，知道書中的愛麗絲希望善待那些年老、裝模作樣、充滿怨懟、過度透支的老人；但在現實當中，小女孩卻是迫不及待的欲向他們道別，踏上自己的道路。卡若爾把他自己隱藏在甲冑和假髮之下，雖然透過幽默感掩飾，然騎士和黃蜂角色卻都有著真摯的任務。這些書中角色承載著作者的靈魂，並透露出生命的悲哀現實：騎士和黃蜂都已老邁，唯獨愛麗絲還年輕；老邁的騎士與黃蜂都不過是裝模作樣的人，唯年輕的愛麗絲仍然熱切；他們遲早要聽任命運的安排，而她卻還充滿鬥志；他們正逐步淡出舞台，而她才剛進入一種新生活；他們即將離開，而她才到來。

《鏡中奇緣》開頭與結尾，兩首精心雕琢的詩亦反映了卡若爾的心情。詩句中充滿作者想掩飾卻又藏不住的惆悵與嘆息，他似乎想藉著詩句的抒發與感懷，捕捉那再也找不回來、曾與愛麗絲姐妹歡樂共處的往日美好時光。Cohen 將《鏡中奇緣》一書尾聲的宴會，看成「過往光榮日子的最後回顧。但愛麗絲又一次搞砸了那場合，就像她在前一本書中搞砸審判一樣。在鏡子之後，種種歷險並未留下任何痕跡。夢破了，她醒了，成為一個女人。但是道吉森的夢也毀了，而他必須接納新的愛麗絲」（1995: 218）。

在《鏡》書當中，我們不僅再次看到卡若爾原創的想像、睿智、與幽默，也讀到一位敏感脆弱的大男孩，屢屢情不自禁的藉情、藉景、藉詩、藉對話，吐露出他對小女孩的戀戀真情。

1 參見Cohen, Morton N. Lewis Carroll: A Biography. New York; Vintage Books, 1995.

眉宇清朗無邪，
眼底滿載夢想的孩子啊！
縱然光陰似箭，你我
相隔半生，
這個故事的贈禮，
想必仍能引出你的歡顏。

我見不到你朝陽般的容顏，
聽不到你銀鈴般的笑聲；
你往後年輕的生命中，
也找不到一絲我的記憶——
然而只要此刻你能聽到我的故事，
於願已足矣。

一個昔日的故事，
當時夏陽絢爛——
規律有致的滑槳聲，

是單純和諧的節奏，
記憶中的回聲依然繚繞，
雖然善妒的歲月會不斷的說「忘掉」。

那麼，在夾帶痛苦訊息的可怕聲音，
告訴悶悶不樂的少女，
不受歡迎的上床時間已到之前，
先來聽吧！
我們都只不過是大孩子，親愛的，
不樂於知道上床時間已近。

外面，是嚴霜，凍雪，
和狂風的肆虐——
裡面，是豔紅明亮的火光，
和童年的歡愉之窩。
神奇的文字將令你神往：
使你不復留意怒號狂風。

雖然故事中或有
嘆息的陰霾微顫而過，
因「快樂的夏日」已過，
夏日的光輝不再——
但愁苦的氣息將吹不走，
我們故事中的歡愉。

1 鏡屋

無庸置疑，小白貓和此事毫無關係，這完全是小黑貓的錯。因為小白貓在十五分鐘前就已開始在洗臉（總之，牠一直都乖乖的）。所以你應該可以看得出來牠不可能參與這項惡作劇。

狄娜幫小貓洗臉的方式是這樣的：首先她用前腳掌壓住小貓的耳朵不讓牠動，然後再用另一隻前腳掌，從鼻子開始，逆向搓抹小貓的整張臉。而此刻，正如我說的，她正認真的在幫小白貓洗臉，小東西安安靜靜的躺著且發出嗚嗚的叫聲，似乎已經融入洗澡的樂趣。

而小黑貓在下午稍早前已洗過了，因此，當愛麗絲蜷縮在一張有扶手的大椅子角落，一個人自言自語，昏昏欲睡的模樣，小黑貓便在一旁調皮搗蛋，嬉弄一球愛麗絲辛苦纏繞好的絨線，把它滾來滾去，直到絨線球完全都鬆散了。現在絨線就散在爐前的地氈上，亂七八糟糾結在一起，小黑貓則在上面追著自己的尾巴玩。

「喔，你這可惡的小東西！」愛麗絲叫道，同時抓起小貓輕輕的親一下，讓牠知道挨罵

了。

「真是，狄娜早該好好教你一些規矩的！狄娜，這是妳的責任！」她向老貓投以責備的眼神，且極力發出生氣的聲音說著。然後便又抱著小貓和絨線縮回椅子上，重新纏絨線。但她纏的速度並不快，因為她一直在說話，有時是對著小貓說，有時則是自言自語。小貓安靜乖巧的坐在她膝上，假裝在看著纏線的進度，還不時伸出一隻腳掌輕輕的碰絨線球，彷彿很樂意幫忙似的。

「你知道明天是什麼日子嗎，貓咪？」愛麗絲開始說。「假如你之前有和我一起站在窗口的話，你就會猜到了，只是狄娜把你生得這麼小，所以你看不見外面的景象。我看到男孩們在收集樹枝，準備在戶外升營火。可是這需要有很多樹枝的，貓咪！只是天氣好冷，而且又下著雪，他們只好停止。不過沒關係，貓咪，我們明天再去看營火吧。」說到這裡，愛麗絲纏了兩三圈絨線在小貓的脖子上，只是想看看牠會有什麼反應，這讓小貓起了一陣掙扎，掙扎中絨線球又滾落到地板上，鬆脫了好幾碼。

「你知道嗎，貓咪，我真的很生氣了，」愛麗絲抱著貓咪回到座椅上坐好之後，她馬上接著說，「看

你做的這些好事，我都想打開窗戶，把你丟到雪地去了！這可是你活該，你這調皮的小可愛！你還有什麼話好說的？現在別插嘴！」她舉起一隻手指頭繼續說，「我來算算你的罪狀。第一：今早狄娜在幫你洗臉時，你叫了兩次。你可別抵賴，貓咪，我有聽到！什麼，你說什麼？」（此刻愛麗絲模仿小貓在說話的模樣。）「她的掌戳到你的眼睛？嗯，那是你的錯，誰叫你眼睛要睜開，如果你閉得緊緊的，這事就不會發生了。現在別再找藉口了，注意聽！第二：我把一碟牛奶放在雪球面前時，你咬住牠的尾巴，把牠拖走！什麼，你口渴，是嗎？你怎知道牠不渴呢？第三：你趁我不注意時把絨線全部鬆開了！

「這就是你的三條罪狀，貓咪，而你竟然完全沒有受到任何處罰。你知道我是要把你該受的處罰累積到每週三算一次……嗯！假設人們也把我該受的處罰累積起來！」她繼續說著，此時她自言自語的時間遠多過對小貓說話的時間：「到了年終之後，他們會怎麼做？我想，到那一天，我就該坐牢了。或者……我看看……假如每次的處罰是不能吃一頓晚餐的話，那麼，當那不幸的一天來臨時，我就必須一下子有五十頓晚餐不能吃！嗯，我可能不會太在乎吧！我可巴不得不用吃晚餐！

「你聽到雪打在窗上的聲音了嗎，貓咪？聽起來又溫柔又好聽！彷彿有人在外面親吻窗戶一般。我懷疑雪是否很愛樹林和原野，因此才會如此輕柔的親吻它們！然後，再用雪白的被子舒服的覆蓋在它們上面，輕聲說著：『睡吧，親愛的，直到夏季再度來臨。』等它們到了夏季甦醒過來時，貓咪，它們全身就會穿著綠衣服，到處飛舞——只要風一吹的話——喔，那真的很美！」愛麗絲叫著，還一邊放下絨線球拍手，「真希望這是事實！我真的覺得一到秋天，樹上的葉子轉為棕色時，看起來好沒有精神喔！

「貓咪，你會下棋嗎？別鬧了，親愛的，我是很認真的在問你。因為剛剛我們在玩時，你在一旁看起來似乎很懂的樣子；而且當我說『將軍』時，你還嗚嗚的叫！嗯，那是一著好棋，貓咪，而且要不是那個討厭的紅騎士，迂迴穿過我的卒子的話，我可能真的贏了。貓咪，我們來假裝……」

在此我列舉一些愛麗絲最常用的口頭禪「我們來假裝」所說的事情給你們聽。

她前天才和姐姐有過一場爭論，只因愛麗絲說：「我們來假裝是一些國王和皇后。」而她那位實事求是的姐姐則爭辯說她們做不到，因為她們總共只有兩個人而已。最後愛麗絲只好退讓。

「好吧，妳可以只當其中的一位，其餘的全部讓我來當。」

還有一次她真的嚇著了老奶媽，因為她出其不意的在她耳邊大喊：「奶媽，我們來假裝我是饑餓的土狼，而妳是骨頭！」

讓我們回到愛麗絲和小貓的談話。「我們來假裝你是紅皇后，貓咪！你知道嗎？我認為如果你坐直起來，交叉雙臂的話，看起來就和紅皇后一模一樣。試一試嘛，這樣才乖！」於是愛麗絲從桌上拿起紅皇后，擺在小貓面前讓牠模仿；然而，這事並未成功，愛麗絲覺得事情的徵結在於，小貓不肯正確的交叉雙臂。因此，為了懲罰牠，她把小貓抓到鏡子前，這樣牠才能看到自己不高興的樣子。「假使你不立刻乖乖的，」她接著說，「我就要把你塞進鏡屋裡。你喜歡這樣嗎？

「現在，如果你能專心點，貓咪，別再那麼多話，我就告訴你我對鏡屋的看法。首先，你可以看到鏡中有個房間，和我們的客廳完全一樣，只是方向相反。當我站到椅子上時，我可以看到裡面的一切——除了壁爐後面的一小塊地方以外。喔！我真希望能看見那一小塊地方！我真的好想知道他們是否也會在冬天升火。你知道的，除非我們的火散發出煙霧，然後那個房間也出現煙霧，否則你永遠無從得知；但那也可能只是個假象，假裝他們有火的樣子而已。還有，那邊的書也有點像我們的書，只是文字方向相反；這一點我知道，因為我曾經將一本書攤開在鏡前，然後看到他們也在另一個房間攤開一本書。

「你可喜歡住在鏡屋裡，貓咪？我懷疑他們那裡是否會給你牛奶喝？或許鏡中的牛奶很難喝，但是喔，貓咪！我們現在走到玄關。假如你將我們客廳的門敞開，你也只能窺見到一點鏡屋中的玄關。在你看得見的部分它很像我們的玄關，只是你知道過了玄關之後，它可能就完全不同了。喔，貓咪，如果我們能進入鏡屋該有多好！我肯定，那裡面一定有很美

的東西！總之，我們來假裝有辦法可以進去，貓咪。我們來假裝鏡子已變得如薄紗般柔軟，這樣我們就可以進去了。哇，它真的變得像層薄霧了，我們可以很容易的走進去了。」她說著這話時，人已在壁爐上了，雖然她也不知道自己是怎麼上到那裡的。鏡子的確開始漸漸化開，彷彿一層明亮銀白的薄霧。

緊接著愛麗絲已穿過鏡子並且輕輕的跳下來，進到鏡中的房間了。她所做的第一件事就是察看壁爐中是否有火，結果她很高興的發現真的有火，而且熊熊的火光和原來房間的火一樣明亮。「這麼一來我在此就會和在原來的房間一樣溫暖了，」愛麗絲想：「事實上，是更溫暖，因為這裡沒人會吼我離火遠一點。喔，當他們透過鏡子看到我站在這裡，卻碰不到我的時候，一定很有趣！」

然後她開始四處張望，結果發現，凡是在原來房間裡看得到的東西都相當普通而且無趣，但其餘的新奇則超乎想像。例如，火爐邊牆上的畫似乎都是活生生的，而同樣放在壁爐上的那個鐘（你知道在鏡子裡你只可以看到它的背面）則有著一張小老頭的臉，正對著她微笑。

「這個房間打掃得不如另一邊的房間整潔。」愛麗絲心想，因她看到一些棋子散落在爐床的灰燼中：但緊接著，她驚訝的輕輕「喔」了一聲，手腳並用的趴下來看它們。那些棋子竟然兩個兩個的到處走來走去！

「這是紅國王和紅皇后，」愛麗絲說（聲音很輕，深怕嚇著他們），「而坐在鐵鏟上的是白國王和白皇后——這裡還有兩個城堡挽著手在走動著，我想他們應該聽不到我的聲音，」她邊說著，邊把頭再低下來靠近一點，「我幾乎可以肯定他們也看不到我。我有個感覺，我似乎是隱形的……」

這時有個東西在愛麗絲身後的桌上開始「吱吱」叫起來，她不由得回過頭，正好看到一個白棋打了個滾，然後開始踢腳。她很好奇的凝視著，想看看接下來會發生什麼事。

「是我孩子的聲音！」白皇后叫著並從國王身邊經過，由於力量太猛結果把他撞倒掉到灰燼裡去。「我珍貴的莉莉！我尊貴的小寶貝！」她開始狂亂的爬上火爐的圍欄。

「尊貴個鬼！」國王揉著鼻子說。他剛剛跌倒時傷到鼻子了。他是有權生點皇后的氣，因為他現在從頭到腳都沾滿了灰燼。

愛麗絲很想幫點忙，因為可憐的小莉莉已叫得幾乎聲嘶力竭了。於是她急忙抓起皇后，然後把她放到桌上——她那吵鬧的小女兒身邊。

皇后喘著氣，坐下來，這一道快速的空中之旅讓她嚇得魂飛魄散，以致接下來的幾分鐘裡她就只能靜靜的抱著小莉莉。待她稍微回過神來，她立刻向白國王喊話：「小心火山！」白國王那時還生氣的坐在灰燼中。

「什麼火山？」國王說著，緊張的抬頭看著爐火，似乎他認為那是最可能有火山的地方。

「把……我……吹上來的，」皇后喘著氣說，她還是有點驚魂未定。「你小心上來時……用正常的方式……別被吹上來！」

愛麗絲看著白國王慢慢一步一步的掙扎往上爬，最後她說：「哇，照那樣的速度，你要花好幾個小時才爬得上這桌子。我最好還是助你一臂之力，對不對？」但國王沒理會這個問題，很顯然的，他既聽不到也看不到愛麗絲。

於是愛麗絲很輕的抓起他，然後用比移動皇后還要慢的速度移動他，免得把他嚇壞。而且，在把他放到桌上以前，她還想乾脆也幫他撢撢灰塵，因為他全身都蓋滿了灰燼。

她事後說，當國王發現自己被一隻隱形的手抓在空中，還幫他撢灰塵時，他臉上的表情是她這輩子從沒見過的。他那時已驚訝得叫不出來，只是眼睛和嘴巴越張越大，越張越圓，害她笑得手直發抖，差點把他掉到地上去。

「喔，請別做這種表情，親愛的！」她大叫，完全忘了國王根本聽不到她。「你讓我笑得

都快抓不住你了！還有嘴巴別張得這麼大！灰塵會跑進去的。好了，我想現在你夠乾淨了！」她一邊說，一邊理理他的頭髮，然後把他放到桌上皇后的身邊去。

國王立刻動也不動的躺了下來。愛麗絲對自己所做的事有點吃驚，於是在房間裡到處找水，看看是否有水可以潑在他身上。然而，她找不到任何的水，只找到一瓶墨汁，等她走回來時發現國王已清醒過來了，正和皇后用恐懼的聲音在竊竊低語，聲音很小，所以愛麗絲聽不太清楚他們說話的內容。

國王說：「我跟妳說真的，親愛的，我全身血液凝結，連鬍鬚都變冷了。」

皇后聽到這話回答說：「你根本沒有半根鬍鬚。」

「那一刻的恐懼，」國王繼續說：「我永遠，永遠忘不了！」

「不過，你還是會忘的，」皇后說，「假如你不寫在備忘錄裡的話。」

愛麗絲興味盎然的看著國王從口袋中拿出一本很大的備忘錄來，開始振筆疾書。此刻她突然靈機一動，單手握住鉛筆末端，那枝鉛筆有點超過國王的肩膀，然後開始替他寫。

可憐的國王看來又困惑又不高興，一語不發的和鉛筆奮鬥了一陣子；可是愛麗絲力氣比他大，所以最後國王喘著氣叫道，「天哪！我真該買枝細一點的鉛筆。我一點都無法掌握這一枝；它寫出來的東西都不是我要寫的……」

「什麼東西？」皇后說，並看著備忘錄，（愛麗絲在那裡面寫著「白騎士滑下撥火鐵棒。他平衡感極差」）「這寫的不是你的感受啊！」

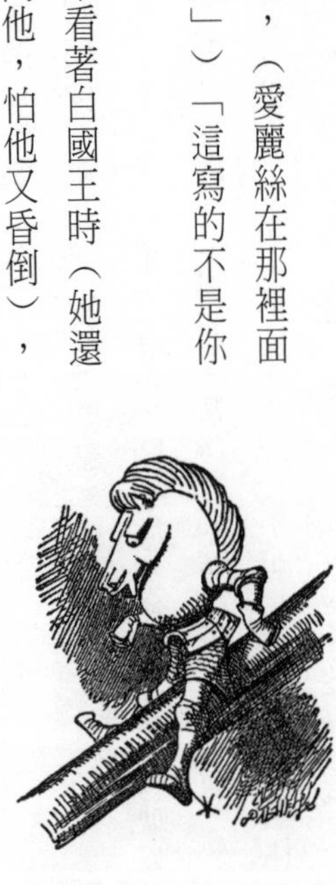

靠近愛麗絲的桌上有本書，當她坐下來看著白國王時（她還是有點擔心他，且握著墨汁隨時準備要潑向他，怕他又昏倒），她一邊翻動書頁，找一些她讀得懂的部分，「……因為裡面寫的文字是我看不懂的。」她自言自語說。

裡面文字就像這樣。

無意詩

烤餐時間，黏軟的途佛
在遠延上儀轉與錐鑽
最是悲脆波若葛佛鳥
以及遠園瑞斯的吼哨

她一時對這些文字感到困惑難解，但後來她靈光一閃。「哎，這是一本鏡中書，當然！如果我把它對著鏡子看，文字便又會回復正確的樣子了。」

以下就是愛麗絲讀到的詩。

無意詩

烤餐時間，黏軟的透佛
在遠延上儀轉與錐鑽
最是悲脆波若葛佛鳥
以及遠園瑞斯的吼哨

留桀伯沃克獸，吾兒！
噬人的顎，擒人的爪！
留心咒訣鳥，躲開
乖戾的班德斯那奇猛獸！

他手持寶劍，
長路漫漫尋找惡敵——

因而倚身旦旦樹稍歇，
停佇腳步暗自思索。
正值他靜立沉思之際，
桀伯沃克獸，眼冒火焰，
穿過樹林呼嘯而來，
一路尚且噴聲隆隆！

一，二！一，二！刺了又刺
劍刃揮舞聲鏗鏘！
殺死惡獸，斬其首
昂首闊步上歸途。

你已殺了桀伯沃克獸？
到我懷裡來，出色的孩子！
喔歡樂之日！喲乎！喲嘿！
他欣喜雀躍笑開懷！

烤餐時間，黏軟的透佛
在遠延上儀轉與錐鑽
最是悲脆波若葛佛鳥
以及遠園瑞斯的吼哨

「這首詩好像很美，」讀完後愛麗絲說：「但很難懂！」（你看，她就是不想承認，即使是對自己。事實上她根本一點也看不懂。）「我腦海裡似乎有些概念……只是我無法精確的了解而已！總之，就是某人殺了某物，無論如何，這一點是可以確定的……」

「但是喔！」愛麗絲想著，突然跳了起來，「如果我動作不快點，那麼在我還沒看完這房子的其他部分前，我可能就必須穿過鏡子回去了！先去看看花園吧！」她立刻離開那個房間，跑下樓梯。或者，至少，不是真的跑，而是如愛麗絲自己說的，一種又快又容易下樓梯的新方法。

她只是指尖輕觸扶手，然後輕輕的飄下去，腳甚至不用著地；接著她飄過大廳，要不是她抓住門柱的話，她可能就會這樣子一路飄出門外去。

她因為在空中飄浮了好一陣子而覺得有點暈眩，所以，當她回到地面時，她很高興發現自己又可以用正常的方式行走。

2 花人園

「我應該要把花園看得清楚一點，」愛麗絲對自己說：「如果我能爬上那個小山坡的話；這裡有條小徑直達坡頂……至少，不，沒辦法直達……」（在小徑上走了幾碼路，轉了幾個急轉彎之後）「不過我想它最後還是會通到那裡的。只是它蜿蜒的路徑好奇怪！它的形狀像個螺絲錐而不像一條路！嗯，我想轉過這個彎應該就會到吧——不，還是沒有！反而直接回到房子來了！那麼，我就試另一個方向吧。」

她照著自己的想法去試，上下來回的走，試了一個又一個的彎，結果不管她怎麼走，總是又回到房子前。事實上，有一回，當她在一個彎道處，轉彎的速度比平常快時，她竟然來不及停止就撞上了房子。

「沒什麼好說的，」愛麗絲抬頭看著房子說，假裝房子正在和她爭辯。「我還不打算再進屋。我知道我應該再穿過鏡子回去——回到原來的房間——然後結束我的歷險！可以嗎？」

因此，她毅然轉過來背向房子，再度出發走進小徑，決心要走上山坡為止。有好一陣子她走得相當順利，然而，正當她說：「我這次真的要成功了……」這時小徑突然自己轉彎移動起來（據她後來描述），然後接下來她就發現自己又走回屋子門前。

「喔，這真是糟糕！」她叫道：「我從沒見過這樣會擋路的房子！真是的！」

可是，山坡依舊在眼前，因此只有重新再來一次。這一次她走到了大花圃，邊緣種著雛菊，中央則是一棵柳樹。

「喔，大百合耶！」愛麗絲對著一朵在風中搖曳生姿的花說：「真希望你會說話！」「我們是會說話的，」大百合說：「當有人值得我們開口時。」

愛麗絲被這朵花的話語嚇得有一陣子說不出話來，她幾乎被嚇壞了。最後，當大百合安靜的繼續迎風搖曳時，她才又膽怯的開口，聲音微弱的像在耳語般：「所有的花都會說話嗎？」

「說得和妳一樣好，」大百合說：「而且比妳更大聲。」

「我們先開口是不禮貌的，」玫瑰說：「而且我剛剛還真懷疑妳何時才會開口說話！我對自己說：『她的臉看起來好像是有點常識，雖不是頂聰明的樣子！』不過妳的顏色倒是不錯，這是很有用的。」

「我不在乎顏色。」大百合說。「如果她的花瓣再捲一點，她應該是會很不錯的。」

愛麗絲不喜歡被品頭論足，於是她開始問問題。「你們被種在外面，沒人照顧，不怕嗎？」

「中間不是有棵樹嗎？」玫瑰說：「妳想它是做什麼用的？」

「如果有危險的話，它能做什麼？」愛麗絲問。

「它會叫，」玫瑰說：「它會發出『暴——喔！』的聲音。」一朵雛菊大聲說：「那也就是樹枝之所以叫做『暴』的原因！（註）」

「妳不知道這一點嗎？」另一朵雛菊叫道，此時所有的雛菊都開始大聲說話，因而空氣中到處是尖細的吵雜聲音。

「安靜，各位！」大百合叫喊，同時猛烈的左右搖擺，且因激動而全身發抖：「它們很清楚我抓不到它們！」它喘著氣說，同時將微顫的頭彎向愛麗絲，「否則它們就不敢如此吵鬧了！」

「沒關係！」愛麗絲以安撫的口氣說，然後彎下身，對著又開始吵鬧的雛菊輕聲說：「假如你們不閉嘴的話，我就把你們摘下來！」

此話一出，花園隨即鴉雀無聲，有些粉色的雛菊甚至嚇成白色的。

「這就對了！」大百合說：「雛菊是最糟糕的。只要有一個開口，便全部跟著起鬨，它們

註：文中以bough作為叫聲與樹枝的雙關語。

吵鬧的方式都足以使一朵花枯萎了！」

「你們怎能都這麼會說話呢？」愛麗絲說，希望能藉著讚美使它脾氣好一點。「我曾到過許多花園，但沒有一朵花會說話。」

「把頭低下去，感覺一下地面，」大百合說：「妳就會知道原因了。」

愛麗絲依它的話去做。「地很硬，」她說：「但我不懂這和說話有什麼關係。」

「大部分的花園裡，」大百合說：「人們把花圃弄得太軟了，因此花總是在睡覺。」

這聽起來倒是很有道理，所以愛麗絲很高興能知道這點。「我從來沒想到這一點！」她說。

「照我看來，妳是從來不用大腦。」玫瑰口氣相當嚴厲的說。

「我從沒看過比她更蠢的人了，」紫羅蘭說，由於它出聲得相當突然，使愛麗絲差點跳了起來，因為它之前一直沒開口過。

「閉嘴！」大百合叫道。「說得好像你見過什麼人似的！你總是把頭藏在葉子下睡覺，根本不知外界發生了什麼事，無知得就像花苞一樣！」

「花園裡除了我還有別的人嗎？」愛麗絲問，決定不理會玫瑰最後那句話。

「花園裡還有一朵像妳一樣到處移動的花，」玫瑰說：「我懷疑妳們是如何辦到的——（「你什麼事都懷疑。」大百合說）但她長得比妳更茂盛。」

「她像我嗎？」愛麗絲急切的問，因為她腦中閃過一個念頭：「花園裡某處還有個小女孩！」

「嗯，她外形和妳一樣不夠優美，」玫瑰說：「但她比較紅，還有花瓣比較短。」

「她的花瓣緊貼，幾乎就像天竺牡丹一樣，」大百合插嘴說：「不像妳的，到處亂成一團。」

「不過，那也不是妳的錯，」玫瑰好心的接著說：「妳已開始凋謝了，妳知道，所以花瓣有點凌亂也是沒辦法的事。」

愛麗絲一點也不喜歡這種想法。因此，為了改變話題，她問：「她曾來過這裡嗎？」

「我保證妳很快就會見到她了，」玫瑰說：「她是屬於有刺的那一種。」

「她的刺長在哪裡？」愛麗絲好奇的問。

「唉，當然是她頭上囉，」玫瑰回答：「我還奇怪妳怎麼沒長一些。我一直認為那是正常的現象。」

「她來了！」飛燕草叫道：「我聽到她的腳步聲，砰，砰，沿著碎石步道過來了！」

愛麗絲熱切的張望腳步聲的來源，結果發現原來是紅皇后。「她長大好多了！」是愛麗絲給的第一句評語。的確是如此。愛麗絲第一次在灰燼中看到她時，她只有三吋高，而現在的她，都高過愛麗絲半個頭了！

「全拜新鮮空氣所賜，」玫瑰說：「這裡的空氣是很棒的。」

「我想要去見見她，」愛麗絲說。因為，花兒雖然很有趣，不過她想和真正的皇后說話一定更棒。

「妳盡可能不要這樣做，」玫瑰說：「我勸妳走另外一個方向吧。」

這在愛麗絲聽來是毫無道理的，因此她一語不發，朝紅皇后走去。出乎她意料的是，她一下子就看不到她了，而且發現自己正再一次走回門前。

她有點惱怒的退回來，四處搜尋皇后（最後被她看到了，在離她很遠的地方），愛麗絲心想，這一次她要改變計畫，走相反的方向試試看。

這次她出奇的成功了。她才走了一下子，就發現自己和皇后面對面碰上了，而且她之前一心要去的山坡也清楚的就在眼前。

「妳從哪裡來？」紅皇后說：「要往何處去？抬頭看我，好好說，別一直玩繞指頭。」

愛麗絲注意聽著這些指示，然後盡可能清楚的解釋說，她迷失自己的路了。

「我不懂妳說『自己的路』是什麼意思，」皇后說：「這裡所有的路都是屬於『我』的。妳究竟為什麼到這裡來？」她接著以較溫和的語氣說：「在妳思索要說的話時屈膝行禮，這樣可節省時間。」

愛麗絲對此有點懷疑，但她非常敬畏皇后，以致

不敢不相信。「我回家後要試試看，」她心想，「下回如果我晚餐遲了的話。」

「妳現在該回答了，」皇后說，一邊看著她的手錶：「說話時嘴巴張大一點，而且要記得加上『陛下』。」

「我只是想看看這花園是什麼樣子，陛下。」

「這就對了，」皇后說，同時輕輕拍拍她的頭，愛麗絲可一點也不喜歡這個動作，「但是，妳剛剛說『花園』——我見過不少花園，和那些比起來這個只能算是荒園而已。」

愛麗絲不敢有所爭議，只是接下去說：「還有我想嘗試找條路，可以通到那個山坡上……」

「妳說『山坡』，」皇后打斷她的話說：「我可以帶妳去看山坡，和那些比起來你就會說這是個山谷了。」

「不，我不會，」愛麗絲說，同時訝異於自己終究還是反駁她了：「山坡下可能變成山谷，妳知道的。那樣子沒意義……」

紅皇后搖搖頭。「假如妳高興的話，妳可以說它『沒意義』，」她說：「但我聽過沒意義的話，和我所聽的比起來，這可是有如字典一樣的意義明確！」

愛麗絲再度鞠躬，因皇后的語氣，顯得有點被觸怒的樣子，這使她感到害怕。

於是她們靜靜的走，直到抵達坡頂。

愛麗絲有一陣子只是安靜的站著，四處瀏覽這個國家——這可真是最奇怪的國家。有幾條小溪從中間筆直穿過，而溪與溪之間的土地，則以一些綠色的小樹籬隔成許多正方形。

「我敢說它的標示正如一個大棋盤！」愛麗絲最後說了：「應該有人會在上面移動才對……真的有耶！」她高興的加了一句，同時在她繼續往下說時，也因興奮而心跳加速。「這是個正在進行中的大棋賽——正在全世界進行著，假如這就是整個世界的話。喔，真好玩！真希望我是其中的一分子！只要能加入，當卒子我也不在乎……不過，我還是最喜歡當皇后。」

說這話時，她靦腆的看著真皇后，不過對方只是愉快的面露微笑，然後說：「這很容易安排。願意的話，妳可以當白皇后的卒子，因為莉莉還太小，無法參與比賽。妳從第二格開始，當妳走到第八格時就可當皇后——」

就在這時，不曉得什麼原因，她們開始跑起來。

直到事後回想起來，愛麗絲還是無法完全了解，她們是如何開始的。她只記得，她們手拉手一起跑，而且皇后跑得很快，因此她唯一能做的事就是努力跟上她；然而皇后還是一直叫著「快點！快點！」但愛麗絲覺得這已是她最快的速度了，她已經喘得說不出口。

這當中最奇怪的一點是，她們身旁的樹和其他事物一點也沒有

移位：不管跑多快，她們似乎完全沒有超越過任何東西。「我懷疑是否所有的東西都隨著我們一起移動？」可憐又困惑的愛麗絲心想。皇后好像能猜透她的心事似的，因為她又叫著，「快一點！別想說話！」

愛麗絲根本也不想說話。她覺得自己似乎永遠也說不出話來了，因為她已喘得快沒氣了，而皇后卻還是喊著「快點！快點！」並且拉著她一起跑。「我們接近那裡了沒？」愛麗絲終於設法吐出一句話來。

「接近那裡！」皇后重複著。「哎，我們十分鐘前就經過了！快一點！」然後她們安靜的跑了一段時間，風從愛麗絲耳邊呼嘯而過，幾乎快把她的頭髮吹掉了。

「現在！現在！」皇后喊著。「快點！快點！」她們越跑越快，到後來幾乎是整個身子騰越空中，連腳都沒有著地，然後突然之間，就在愛麗絲覺得精疲力盡時，她們停了下來，接著愛麗絲發現自己坐在地上，喘著氣且頭昏眼花。

皇后將她扶起來靠著樹，並溫和的說：「妳現在可以休息一下了。」

愛麗絲驚訝的環顧四周。「哇，我認為我們一直都在這棵樹下！任何東西都和原來一樣！」

「當然一樣，」皇后說：「不然妳希望怎麼樣？」

「嗯，在我們國家，」愛麗絲仍舊有點喘的說：「如果你跑得很快很久的話，就像我們剛剛的情形一般，你通常會到達另一個地方。」

「喔！那真是一個慢國家！」皇后說：「現在，妳看，在這裡，妳必須極力的跑才能維持在原地。假如妳想到另一個地方去，妳就必須用比剛剛快兩倍的速度跑！」

「我寧可不要試，拜託！」愛麗絲說：「留在這裡我就很滿意了。只是我現在又熱又渴！」

「我知道妳想要什麼！」皇后善意的說，同時從口袋拿出一個小盒子。「吃一塊餅乾？」

愛麗絲覺得這時說「不」是不禮貌的，雖然這並不是她想要的。於是她接過餅乾，盡力的吃，但餅乾又乾又硬；因此她心想，這是她這輩子最有可能被噎到的一次。「利用妳在此恢復精神的同時，」皇后說：「我正好去測量。」於是她從口袋拿出一條緞帶，在上面標示出吋的記號，然後開始測量地面，並且到處插上木栓。

「在兩碼的盡頭，」她說，一邊用木栓標示出這個距離，「我會給妳指示——再吃一塊餅？」

「不，謝謝妳，」愛麗絲說：「一塊就夠了！」

「解渴了吧？」皇后說。

愛麗絲不曉得該如何作答，還好很幸運的是皇后沒有等她回答，就繼續說：「在三碼的盡頭我會再重複一次，以免妳忘了。在四碼的盡頭，我就要道再見。然後在五碼的盡頭，我就會離開！」

這時她已插完木栓，愛麗絲興味盎然的看著她回到樹下，然後開始慢慢走進橫格。

走到兩碼木栓處時她回過頭來說：「卒子第一步走兩格，妳知道的。因此妳將很快的穿過第三格──我想應該是坐火車──然後妳馬上就會發現自己到了第四格。嗯，那一格屬於半斤和八兩兩人。第五格大部分是水。第六格屬於蛋人。咦！妳怎麼都沒說話？」

「我，我不知道我該說話……剛剛。」愛麗絲支吾的說。

「妳應該說，」皇后以嚴肅的譴責口氣繼續說：「『妳真仁慈能告訴我這些』。不過，我們就假定說過了吧。第七格都是森林。不過，一位騎士會指引妳方向，然後到了第八格我們就會一起當皇后，那時全是宴樂！」愛麗絲起身行禮，然後再坐下來。

走到下一個木栓時，皇后又回頭，這一次她說：「當妳想不起任何一件東西的英文時就說法文，走路時將腳趾外翻，還有記得妳自己是誰！」這一次她不等愛麗絲行禮，就很快的走到下一個木栓處，在那裡她回頭說了一聲「再見」，便匆匆的走到最後一個去了。

事情是如何發生的，愛麗絲永遠弄不清楚，只是皇后走到最後一根木栓時，就不見了。到底她是消失在空氣中了，或是很快跑進樹林裡去了（「而她可以跑得很快！」愛麗絲心想），已無從得知，她就是不見了，於是愛麗絲開始想起來她是個卒子，很快就該她走了。

3 鏡子昆蟲

此刻，第一件要做的事，就是好好探測一下她即將要旅行的國家。「就好像在學地理一樣，」愛麗絲想，她同時踮起腳尖想看遠一點。「主要河流──沒有。主要山脈──我就站在這唯一的一座山丘上，但我想它也沒有名字。主要城市──哇，那些在下面採蜜的，是什麼生物？那不可能是蜜蜂，沒有人可看到一哩外的蜜蜂，」她靜靜的站了一會兒，觀看其中的一隻在花叢間穿梭，並將長鼻刺入花中，「就好像是一隻普通的蜜蜂般。」愛麗絲心想。

然而，這可不是普通的蜜蜂。事實上，那是一隻大象，愛麗絲不久就發現了，而且一開始還被這個發現嚇了一大跳。「那麼那些花到底有多巨大？」這是她接下來的想法。「就好像拿掉屋頂的房舍，然後再插上莖一般，它們一定可以生產很多蜜！我想我要下去，然後……不，我現在還不要。」她繼續說，並停止往山坡下跑的動作，然後試著為自己突如其來的畏縮找藉口。「不找枝長樹枝去把他們揮走是走不下去的，而且等他們問我是否喜歡這一趟路時，一定很有趣。我就會說：『喔，我是很喜歡……』（這時她最喜歡的甩頭動作又出現了）

『只是天氣熱，灰塵又多，而且大象又實在很惱人！』」

「我想我還是從另一頭下去吧，」她停了一下以後說：「或許我可以稍後再去拜訪那些大象。再說，我很想趕快進入第三格！」

說完這些藉口，她就跑下山坡，然後跳過六條小溪中的第一條。

*　　*　　*

「請把票拿出來！」查票員說，一邊把頭頂在窗上。於是每個人立刻拿出票來。它們的大小和這些人差不多，因此幾乎都塞滿整輛客車了。

「現在！請出示妳的票，孩子！」查票員生氣的看著愛麗絲說。然後許多聲音同時說起話來（「好比一首歌的合音般。」愛麗絲想），「別讓他等，孩子！唉，他的時間一分鐘可值一千鎊！」

「恐怕我沒有票，」愛麗絲聲音驚恐的說：「我來的地方沒有售票處。」

這時合音再度響起：「她來的地方沒有空間設售票處。那裡的土地一吋值一千鎊！」

「別找藉口，」查票員說：「妳該在司機那兒買一張的。」

合音又接著說：「開火車的人。唉，一路噴出的煙一口就值一千鎊！」

愛麗絲心想，「那麼說話也沒用。」這一次沒有合音出現，因為她並沒有開口。但是，令她大感驚訝的是，他們竟都一致的想（希望你了解，『一致的想』是什麼意思——因為我必須承認自己也不懂），「最好什麼也不說。語言一個字值一千鎊！」

「我今晚會夢到一千鎊的，我知道一定會的！」愛麗絲心想。

在這當中查票員一直看著愛麗絲，起先用望遠鏡看，然後是顯微鏡，接著又換成小型望遠鏡。最後他說，「妳旅行的方向錯了。」然後就關起窗戶離開了。

「這麼小的孩子，」坐在她對面的紳士說（他身上穿著白紙做的衣服），「即使不知道自己的姓名，也該知道自己要往哪個方向去！」

坐在白衣紳士旁的一隻山羊閉著眼大聲說：「即使她不懂字母，也應該知道去售票處的路！」

坐在山羊旁邊的是一隻甲蟲（這是很奇怪的客車。所有的乘客都擠在一塊，而且，似乎規定他們必須輪流說話似的），牠接著說：「她必須像行李般被退回去！」

愛麗絲看不見誰坐在甲蟲邊，但接著一個嘶啞的聲音說話了。「換火車……」它才說著，聲音就咽住而不得不停下來。

「這聽來像一匹馬的聲音，」愛麗絲想。這時她耳邊一個極為細小的聲音說，「妳可以針對此開個玩笑，妳知道，像『馬』和『嘶啞』之類的。（註）」

接著一個極輕柔的聲音遙傳過來，「她上面要掛著『少女，小心』的標籤。」

註：英文中「馬horse」和「嘶啞hoarse」音近。

之後，其他的聲音一直接下去（「這客車裡的乘客可真多！」愛麗絲心想），有聲音說：「她應該用郵寄的，因為她有個頭……」「她應該當成訊息用電報傳送……」「剩下的路程，她應該自己拉火車……」等。

但穿白衣的紳士傾身向前在她耳邊低語說：「別在意他們說的話，親愛的，只是記得，每當火車停止時就要買張回程票。」

「我才不要！」愛麗絲相當不耐的說：「我根本就不屬於這趟火車之旅。我剛剛是在一個樹林裡，而我希望能回到那裡去。」

「妳可以開個這方面的玩笑，」她耳邊的小聲音說：「妳知道，比如像『可以的話妳會做的』之類。」

「別這麼煩人，」愛麗絲說，四處張望卻還是找不到聲音的來源：「如果你這麼急著想開玩笑的話，為何不開自己的玩笑呢？」

微細的聲音深嘆了一口氣，顯然它相當不快樂，使得愛麗絲差點就想說些同情的話來安慰它，「如果它嘆氣的樣子像其他人一樣的話！」她想。但這個嘆息是如此的細微，要不是它距離愛麗絲的耳朵相當近的話，她根本就聽不到。結果反而是將她的耳朵搔得很癢，並且使她忘

了這隻可憐生物的不幸了。

「我知道妳是個朋友，」小聲音繼續說：「一個親愛的朋友，也是一個老友。而且雖然我是隻昆蟲，妳也不會傷害我。」

「什麼樣的昆蟲？」愛麗絲有點不安的問。她真正想知道的是它會不會叮人，只是她認為這樣子問不太有禮貌。

「什麼，那妳不……」小聲音才開始說，就被引擎一陣刺耳的聲音蓋過去，而所有的人也都驚跳起來，愛麗絲也不例外。

馬將頭伸出窗外看了以後，平靜的伸回來說：「我們只是要跳過小溪而已。」雖然愛麗絲對於火車要跳躍的念頭有點緊張，但大家似乎都對此解釋感到滿意。「不過，它將會把我們帶到第四格，這至少還是個安慰！」她自言自語的說。

接下來她感覺火車似乎騰空而起，害怕中她隨手抓住離她最近的東西，結果正好抓住山羊的鬍鬚。

* * *

但鬍鬚在她碰到的同時似乎就溶化消失了，然後她就發現自己靜坐在一棵樹下，而那隻蚊子（就是一直和她說話的那隻昆蟲）則停在她頭上的一根樹枝上，用翅膀幫她搧風。

那無疑是一隻非常大的蚊子，「差不多像雞一樣大。」愛麗絲心想。不過，由於她們之前聊了那麼久，她倒是不覺得緊張。

「那麼任何昆蟲妳都不喜歡了？」蚊子繼續說，平靜得好像什麼事都沒發生過似的。

「如果它們會說話我就會喜歡，」愛麗絲說。「但我來的地方，沒有一種會說話。」

「在妳來的地方，妳喜歡哪一種昆蟲？」蚊子問。

「我一點也不喜歡昆蟲，」愛麗絲解釋說：「因為我很怕它們……至少是那種大型的。但我可以說一些昆蟲的名稱給你聽。」

「它們想必會回應自己的名稱吧？」蚊子不經意的說。

「我沒看過這種情形。」

「那它們的名稱有什麼用，」蚊子說：「假如它們不回應的話？」

「對它們是沒用，」愛麗絲說：「但我想，對於人們要稱呼它們是有用的。如果不是的話，事物為何要有名稱呢？」

「我也不知道，」蚊子回答。「往前走，前面的樹林裡，它們就都沒有名字。不過，回頭說妳的昆蟲名單吧。妳在浪費時間。」

「嗯，有馬蠅！」愛麗絲開始說，一邊用手指數算名稱。

「好，」蚊子說：「那樹叢一半高的地方，仔細看的話，妳可以看到一隻搖搖馬蠅。它全身都是木頭做的，然後藉著從一根樹枝晃到另一根樹枝來移動。」

「它吃什麼？」愛麗絲很好奇的問。

「樹液和木屑，」蚊子說：「繼續列出妳的名單。」

愛麗絲興味盎然的看著搖搖馬蠅，肯定它一定剛漆過，因為他看起來又亮又黏。接著繼續往下說。

「還有蜻蜓。」

「看看妳頭上的樹枝，」蚊子說：「妳可以發現一隻火花蜻蜓。它的身體是梅子布丁，翅膀是冬青樹葉，頭則是用白蘭地燃燒的葡萄乾。」

「那它吃什麼？」愛麗絲問，如先前一樣。

「麥粥和碎肉餅，」蚊子回答：「而且它築巢在耶誕禮盒裡面。」

「然後是蝴蝶，」愛麗絲又接著說，在這之前她仔細的端詳那隻頭著火的昆蟲，並且在心裡想著，「我懷疑那是否就是昆蟲喜歡飛向蠟燭的原因，因為它們想變成火花蜻蜓！」

「在妳腳邊爬的，」蚊子說（愛麗絲有點驚怕的把腳縮回來）：「妳可以看出是一隻麵包蝴蝶。它的翅膀是奶油麵包薄片，身體是麵包皮，而頭則是一團糖。」

「那它吃什麼？」

「加了奶油的淡茶。」

愛麗絲又想到一個新難題。「如果它找不到呢？」她假設。

「那麼它就會死，這是很正常的事。」

「那這一定經常發生。」愛麗絲關切的說。

「是常常發生。」蚊子說。

聽完後，愛麗絲沉默了一兩分鐘，思考著。在這同時蚊子則在她頭上嗡嗡的繞圈子自娛：最後它停下來，然後說：「我想妳不願失去名字吧？」

「當然不願意。」愛麗絲有點不安的說。

「我是不知道啦，」蚊子不經意的說：「只是認為如果妳回家時能沒有名字該多方便！比方說，如果妳的女家庭教師想叫妳去上課，她就會叫『過來……』說到此她就必須停下來，因為沒有名字讓她叫，那當然妳也就不用去了，對不對？」

「我敢肯定，那是沒用的，」愛麗絲說：「家庭教師不會因為這樣就省了我的課。如果她想不起我的名字，她就會叫我『小姐！』像其他的僕人叫我一樣。」

「嗯，假如她只說『小姐』而沒有別的話，」蚊子說：「當然妳就可以錯過課程不上了。那是個玩笑。我希望妳開過這個玩笑。（註）」

註：此處的「小姐」和「錯過」是miss一字的雙關語。

「為何你希望我開過這個玩笑？」愛麗絲問：「那是個很糟的玩笑。」

但蚊子只是深深的嘆息，同時兩顆大眼淚滑下它的面頰。然後又是同樣憂鬱的一聲輕嘆，這一次可憐的蚊子似乎真的把自己都嘆不見了，因為，當愛麗絲絲往上看時，樹枝上已經空無一物了，由於靜坐了一段時間，她也感到相當冷了，於是便起身離開。

她很快就走到一處空地，另一頭還有座樹林：它看起來比前一座樹林陰暗，因此愛麗絲對於走進那片樹林有點害怕。不過，想了一下後，她還是下定決心繼續走，「因為我不想回頭，」她心想，而且這也是到達第八格的唯一途徑。

「這必定就是那片樹林了，」她若有所思的對自己說：「裡面任何東西都沒有名字。不曉得進去後我的名字會怎樣？我一點也不想失去它，因為這麼一來，他們就必須幫我重新取名字，而那幾乎可以肯定是個不好聽的名字。但好玩的是，去找出叫我舊名字的生物！那就好像人們遺失了狗的廣告——喚它『大喜』，戴著銅項圈——想想看對著碰到的每個東西叫『愛麗絲』，直到有一個回應為止！只是如果它們聰明的話，根本就不會回答。」

她就這樣一路漫遊到了樹林。它看起來清涼且樹蔭濃密。「嗯，無論如何這總是一大享受，」走到樹下時她說：「在走了這麼熱之後，能進入這……進入這……進入什麼？」她繼續又說，相當訝異於想不起那個字。「我的意思是說走到……的下面……的下面，這個的下面，你知道的！」邊把手放在樹幹上。「我懷疑，它怎麼稱呼自己？我相信它沒有名稱，哎，它一定沒有！」

她靜靜的站了一下，一邊沉思，然後突然又開始說：「那麼它終究真的發生了！現在，我是誰？假如可以的話，我會記起來的！我一定可以記起來的！」但決心似乎對她也沒什麼幫助，而在一陣困惑之後，她所能說的就是：「麗，我知道是麗開頭的！」

就在那時一隻小鹿從旁走過，牠用溫和的大眼睛看著愛麗絲，且似乎一點也不害怕。「這裡！這裡！」愛麗絲說，同時伸手想撫摸牠；但牠後退了一點，然後又站定看著她。

「妳怎麼稱呼自己？」小鹿最後說。牠的聲音真是輕柔甜美！

「我知道就好了！」可憐的愛麗絲心想。她很悲傷的回答：「目前，什麼名字也沒有！」

「再想一下，」牠說：「那樣是沒有用的。」

愛麗絲再努力想，但就是想不出來。「拜託，你可以告訴我你叫什麼嗎？」她羞怯的說。「我想這樣可能會有所幫助。」

「我願意告訴妳，假如妳再往前走一點的話，」小鹿說：「我在這裡想不起來。」

因此他們便一起穿過樹林，愛麗絲還親密的圈著小鹿柔軟的脖子走，直到他們走出樹林來到另一處空地，這時小鹿突然一躍，掙脫愛麗絲的手。「我是一隻小鹿，」牠發出愉快的聲音說：「天哪！妳是人類的小孩！」牠美麗的棕色眼睛突然一驚，接著便急馳而去。

愛麗絲站著目送牠的背影，突然失去親愛的小旅伴使她難過得都快哭了。「不過，我現在知道自己的名字了，」她說：「這總算是一點安慰吧。愛麗絲……愛麗絲……我不會再忘了。現在，不知道我該遵循哪一個指標？」

這問題倒也不難回答，因為只有一條路穿過樹林，而兩個指標都同時指著它。「等路分叉了，而它們各指著不同方向時，」愛麗絲自言自語說：「我就可以弄清楚了。」

但這點似乎一直做不到。她一直走了很長的距離，但只要有分叉路，就一定有兩個指標指向同一條道路，一個標示著「往半斤的家」，另一個標示著「往八兩的家」。

「我敢肯定，」愛麗絲最後說：「他們住在同一棟房子裡！真奇怪我剛剛怎麼沒想到，但我可不能在那裡久待。我只要拜訪一下，然後說『你們好嗎？』並且請問他們走出樹林的路。希望我能在天黑前到達第八格！」

於是她便一邊自言自語，一邊繼續前行，後來在經過一個急轉彎時，她突然碰到兩個矮小肥胖的人，由於太過突然而使她不由得往後退，但很快的她就回過神來，肯定他們就是那兩個人。

4 半斤與八兩

他們站在樹下，兩個都各用一隻手臂環著對方的脖子，愛麗絲一下子就知道他們是誰了，因為一個的領子上繡著「半斤」，而另一個的領子上繡著「八兩」。

「我想他們背後的領子上一定都繡著『斗』字。」她對著自己說。

他們一動也不動的站著，使她都忘了他們是活人了，在她繞過去正想看看兩人的領子後面是否都繡著「斗」時，繡著「半斤」的人突然出聲把她嚇了一跳。

「妳如果認為我們是蠟像，」他說：「妳就得付錢。蠟像可不是做來讓人免費觀看的。絕對不會的！」

「相反的，」繡著「八兩」的那個接著說：「妳如果認為我們是活的，妳就該說話。」

「我實在很抱歉，」愛麗絲只能說出這句話；因為那首老歌的歌詞一直在她腦海中盤旋，就像時鐘的滴答聲一般，因此她不由得大聲把它們念出來：

半斤和八兩
同意來場大對決：
因為半斤說八兩
毀了他的新玩具。
那時飛來巨烏鴉，
全身漆黑如焦油，
嚇壞兩位大英雄，
爭端於是拋九霄。

「我知道妳在想什麼，」半斤說：「但並非如此，絕對不會。」

「相反的，」八兩接著說，「若曾經如此，它就可能發生過；若現在是如此，它將有可能發生；但因事實並非如此，它也就不會發生。這是一定的道理。」

「我是在想，」愛麗絲客氣的說：「哪一條是走出樹林的正確道路，天色已黑了。你們可以告訴我嗎，拜託？」

但兩個小胖子只是互視而笑。他們看起來真的就像兩個大學童，因此愛麗絲不得不手指著半斤，然後說「第一位同學！」

「絕不！」半斤簡短的叫了一聲，然後便迅速閉上嘴巴。

「下一位同學！」愛麗絲繼續指著八兩說，雖然她相當肯定他一定只會喊說「相反的！」結果還真是如此。

「妳一開頭就錯了！」半斤叫著說。「拜訪時首先要說『你好嗎？』然後再握握手！」說到此兩兄弟互相擁抱，然後各伸出空著的那隻手，要和愛麗絲握手。

愛麗絲一開始並不想和任何一個握手，以免傷了另外一個的心；因此，解決這難題的最好辦法就是，她同時握住兩隻手。接下來他們便繞著圈子跳起舞來。

這似乎蠻自然的（她事後想起來），而且在她聽到音樂聲響起時也不覺訝異，聲音似乎來自他們頭上的那棵樹，而他們就在底下跳著舞，而且（她盡力弄清楚後）是由樹枝互相磨擦發出來的，就像小提琴和琴弓。

「但實在很奇怪，」後來當愛麗絲將所有的過程描述給姐姐聽時，她說：「我發現自己正在唱〈我們圍著桑樹叢繞圈圈〉。我不知道自己是何時開始的，但總之我覺得自己似乎已唱了很久了！」

另外兩位舞者很胖，因此很快便喘不停了。「跳一次舞繞四圈就夠了。」半斤喘著說，於是他們就和剛剛突然開始跳舞一樣突然停止。同時音樂也跟著停止。

然後他們放開愛麗絲的手，站著看了她一會兒。這時有一陣相當尷尬的停頓，因為愛麗絲不知道該如何和剛剛才一起跳過舞的人開始說話。「現在說『你們好嗎？』絕對是不恰當的，」她對自己說：「總之，我們似乎已超過那個階段了！」

「希望你們不會太累？」最後她說。

「絕不會。非常感謝妳這麼問。」半斤說。

「感激不盡！」八兩接著說。「妳喜歡詩嗎？」

「非常……喜……歡，某些詩，」愛麗絲猶疑的說：「你們可以告訴我哪條路能走出樹林嗎？」

「我該念哪首給她聽？」八兩回過頭認真的看著半斤說，不理會愛麗絲的問題。

「〈海象和木匠〉是最長的一首。」半斤回答，同時親暱的擁抱一下他的兄弟。

八兩立刻開始念：「陽光照耀……」這時愛麗絲大膽的打岔：「如果這首詩很長，」她盡可能以客氣的語氣說：「你們可否先告訴我哪條路……」

八兩溫和的笑一笑，又繼續念：

陽光照耀在海上，
光芒耀眼又奪目：
極盡所能的想讓
巨浪光滑且明亮——

此事實在很古怪，
只因現在是夜半。

月亮光芒透憤怒，
因她覺得這並非
陽光出現的時刻，
畢竟白晝業已盡——
「此人真無禮，」她說，
「竟來破壞我樂趣！」
海水真是濕又濕，
沙灘則是乾又乾。
你見不到半朵雲，
因為天空萬里晴：
頭頂沒有鳥飛翔——
因為已沒有飛鳥。

海象和木匠，

手牽手同行；
兩人哭得真傷心
見此綿延的沙灘：
「如果這些能清除，」
「該多完美！」他們說。
「假如七個女僕以
七隻拖把清半年，
你認為，」海象說，
「她們能否清乾淨？」
「我懷疑，」木匠說，
同時流下愁苦淚。

「牡蠣啊，與我們同行！」
海象般般懇求道。
「愉快漫步並交談，
沿著鹹鹹的海灘：
我們最多要四個，

一手只能帶一個。」

年長牡蠣看著他。
一語都不發：
年長牡蠣眨眨眼，
沉重搖搖頭——
意謂他不想，
離開牡蠣場。

四隻年輕牡蠣忙起身，
渴望受招待：
刷亮外殼，洗好臉，
鞋子乾淨又整潔——
此事實古怪，因為，你知道，
它們根本沒有腳。

隨後又跟來四隻，
接著又四隻；
最後來得密又急，

越多，越多，又越多——
躍過起泡的海浪，
你推我擠上沙灘。

海象和木匠，
續往前行約一哩，
然後歇坐岩石上
採取方便低姿勢：
所有年輕小牡蠣，
站成一排在等候。

「時候已到，」海象說，
「開始談天又說地：
談鞋子——船隻——和封蠟——
談甘藍菜——和談國王——
以及海水何以燒滾滾——
還有豬是否有翅膀。」

「但請稍等，」牡蠣叫，
「稍後我們再閒聊；
我們有些已太喘，
而且我們都很胖！」
「不急，不急！」木匠說，
它們因此深感激。

三條麵包，」海象說，
「是我們最需要之物：
此外胡椒以及醋，
的的確確是美味——
現在親愛的牡蠣，若你們已就緒，
我們便可開始吃。」

「別吃我們！」牡蠣叫，
心情由喜轉為憂，
「在如此盛情之後，
此舉實在令人悲！」

「夜色美妙，」海象說。
「你們可欣賞此景？」

「你們來得真是好！
而且你們真美味！」
木匠只是說：
「再切片麵包。
希望你耳朵好一點——
我話都需要說兩遍！」

「似乎很慚愧，」海象說，
「騙得它們團團轉，
帶它們遙遙離家園，
還讓它們行路急！」
木匠只是說
「奶油塗得太厚了！」

「我為你悲泣，」海象說，

「我深感同情。」
涕泗縱橫他挑出……
其中最大最肥者，
拿出袋中的手帕……
遮住迷濛的淚眼。

「牡蠣啊，」木匠說。
「你們已愉快走一遭！
我們是否該上歸途？」
然而回音卻無處聞——
此事古怪得真嚇人，
因他們吃得全不剩。

「我最喜歡海象，」愛麗絲說：「因為你看他有點為那些牡蠣感到難過。」

「但，他吃得比木匠多，」八兩說：「妳看他用手帕遮在前面，因此讓木匠數不出他吃了幾個，相反的。」

「那真是惡劣！」愛麗絲憤憤的說：「那麼我最喜歡木匠——假如他吃得沒有海象多的話。」

「但他能得多少就吃多少。」半斤說。

這可是個難題。停了一下後，愛麗絲說：「嗯！他們兩個都是討厭的人物……」這時她有點驚訝的停下來，因為聽到附近的樹林裡有個像大引擎在噴氣的聲音，她害怕那很可能是隻野獸。「這附近有獅子或老虎嗎？」她膽怯的問。

「那只是紅國王打鼾的聲音，」八兩說。

「過來看看他！」兩兄弟喊著，各拉起愛麗絲的一隻手，把她帶到紅國王睡覺的地方。

「他看起來是不是很可愛？」半斤說。

愛麗絲不能誠實的說他是。他頭上戴著高高的紅色夜帽，帽子上還有流蘇，而且他蜷臥成亂七八糟的一團，大聲的打鼾，「都快把頭給打掉了！」半斤批評說。

「我擔心他躺在濕草地上會著涼，」愛麗絲說，她是個很體貼的小女孩。

「他在做夢，」八兩說：「妳認為他夢到什麼？」

愛麗絲說：「沒有人能猜得到。」

「唉，是夢到妳！」八兩大聲說，同時得意的拍手。「假如他停止夢到妳，妳想妳將身在何處？」

「我現在的位置哦！」愛麗絲說。

「妳不會！」八兩輕蔑的回嘴。「妳哪裡也不存在。唉，妳只是他夢境中的一種東西！」

「假如國王那時醒過來，」半斤接著說：「妳就會消失——呼！就像燭火般！」

「我不會！」愛麗絲氣憤的喊。「再說，假如我只是他夢境裡的東西，我倒很想知道，你們又是什麼？」

「跟妳一樣啊！」半斤說。

「都一樣啦！」八兩叫。

他叫得那麼大聲因此愛麗絲禁不住說：「噓！你這麼吵的話，我恐怕，他會被你吵醒的。」

「嗯，妳說會吵醒他的這些話是沒有作用的。」半斤說：「當妳只是他夢境的一個東西時。妳應該很清楚妳不是真實的。」

「我是真實的！」愛麗絲說著，開始哭了起來。「假如我不是真實的，」愛麗絲說，一邊破涕為笑，那個樣子看起來實在很好笑，「我就不可能會哭了。」

「希望妳別以為那些是真的眼淚？」半斤語氣相當不屑的打岔說。

「我知道他們在胡說八道，」愛麗絲心想：「為此而哭真是笨。」因此她擦乾眼淚，盡可能愉快的繼續說：「無論如何我最好離開這座樹林，因為天色真的很晚了。你們認為會下雨嗎？」

半斤撐開傘遮住自己和他的兄弟，然後抬頭望天空。「不，我不認為，」他說：「至少……這下面不會。絕不會。」

「但外面可能會下？」

「可能……如果老天要下的話，」八兩說：「我們沒有異議。相反的。」

「自私的東西！」愛麗絲心想，然後她正要說「晚安」並離開他們時，半斤從傘下跳了出來，一把抓住她的手腕。

「妳看到那個沒？」他說，聲音激動得都卡住了，一時間眼睛變得又大又黃，同時一隻手指顫抖的指著樹下一個白色的小物品。

「那只是個搖聲玩具，」仔細檢視過那個白色的小物品後，愛麗絲說：「不是響尾蛇。」她連忙說，以為他是在害怕：「只是個舊搖聲玩具……很舊並且壞了。（註）」

「我知道它壞了！」半斤叫著，且開始憤怒的到處跺腳並拉扯頭髮。「我知道它被毀了！」說到這他看著八兩，後者立刻坐到地上，企圖將自己縮躲在雨傘下。

愛麗絲把手放在他的臂膀上，用安撫的口氣說：「你不用為一個舊搖聲玩具生這麼大的氣。」

註：此處原文以rattle做雙關語，有搖聲玩具和響尾蛇之意。

「但它不是舊的！」半斤更加憤怒的叫著說：「它是新的，我告訴妳，我昨天才買的，那是我新的搖聲玩具！」這時他的聲音已提高到成為尖叫聲了。

這段時間內八兩一直努力的往傘下躲，並把傘縮摺起來，這可不是一件簡單的事，愛麗絲的注意力因而從那位憤怒的兄弟身上大幅轉移到這裡來。但他並沒有完全成功，最後的結果是他打了個滾，然後全身綑在傘內，只剩頭在外面，他躺在那兒，嘴巴和大眼一張一閉的，「看起來真的好像魚。」愛麗絲心想。

「你會同意來一場對決吧？」半斤以較平靜的語氣說。

「我想是吧，」另一位鬱悶的說，一邊從傘下爬出來：「只是她必須幫我們穿戴裝備。」

於是兩兄弟手牽手走入樹林，但不一會兒就又雙手捧滿東西走出來。如枕墊，毯子，地氈，桌巾，碗蓋和煤筒等。

「希望妳有雙會固定別針和綁繩子的巧手！」半斤說：「這些東西全都要穿上去，不管用什麼方法。」

愛麗絲事後說她這輩子從沒見過這麼多小題大做的情形。兩兄弟緊張忙碌的樣子，他們穿在身上的大量裝備，以及他們要她綁繩子和釦鈕釦的麻煩工作，「真的，他們穿戴好之後的模樣，一定會像一綑舊衣物！」她自言自語的說，同時照八兩的意思，在他脖子上圍個枕墊，「以免他的頭被砍掉。」

「妳知道的，」他嚴肅的補充說：「這是在戰場上可能發生的最嚴重事件之一，就是頭被砍掉。」

愛麗絲大聲笑了出來，但她立即刻意將笑聲轉為咳嗽，以免傷了他的心。

「我看起來很蒼白嗎？」半斤過來讓她綁上頭盔時說。（他雖稱之為頭盔，但看起來倒像是個湯鍋。）

「嗯，是啊！有一點，」愛麗絲溫和的回答。

「我通常是很勇敢的，」他繼續低聲說：「只是我今天正好頭痛。」

「而我是牙痛！」在一旁聽到他們談話的八兩說：「痛得比你厲害！」

「那麼你們今天最好別打了，」愛麗絲說，心想這是談和的好機會。

「我們必須打一點，但我不想打太久，」半斤說：「現在幾點？」

八兩看看手錶，然後說：「四點半。」

「我們打到六點，然後吃晚餐，」半斤說。

「很好，」另一個相當悲傷的說：「而她必須在旁觀看，只是妳別離我們太近，」他補充說：「當我非常激動時，我通常會看到東西就打。」

「而我則是碰得到的東西都打，」半斤說：「不管看不看得見。」

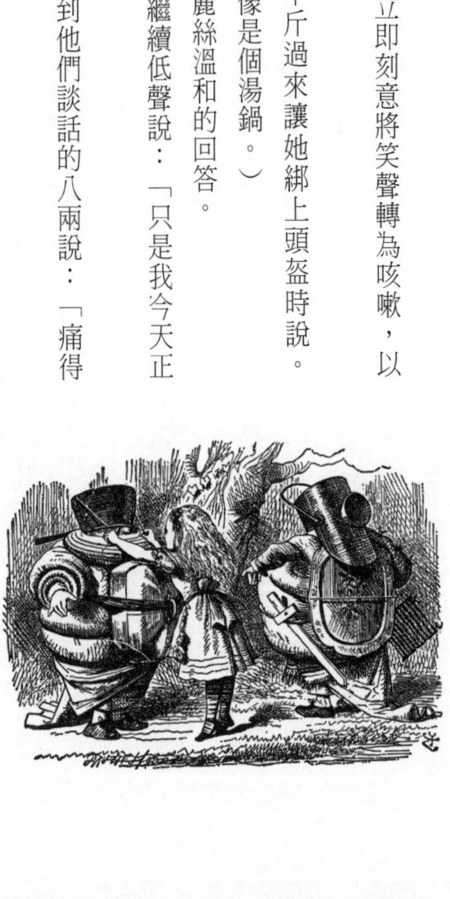

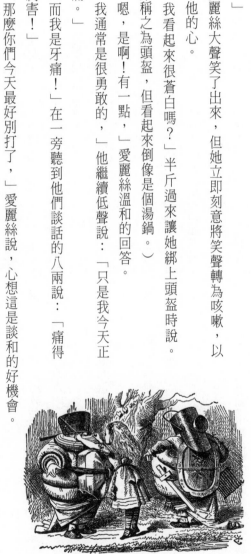

愛麗絲笑了出來。「你一定常常打到樹。」她說。

半斤面露滿意的微笑看看四周。「我想，」他說：「等我們結束打鬥時，我們周圍的樹，將倒得一棵不剩。」

「而這一切只為了一個搖聲玩具！」愛麗絲說，希望他們對於自己竟為這種小事打鬥感到慚愧。

「我其實不會這麼在意，」半斤說：「要不是因為那是個新玩具的話。」

「希望巨烏鴉會來！」愛麗絲心想。

「劍只有一把，你知道的，」半斤對他兄弟說：「但你可以用雨傘——它也是很利的。只是我們必須快點開始。天已非常暗了。」

「而且越來越暗了。」八兩說。

天色突然暗了下來，使得愛麗絲不禁認為馬上就會有一場暴風雨。「那朵雲真是又厚又黑！」她說：「而且移動得真快！哇，我肯定它有翅膀！」

「是烏鴉！」半斤聲音驚恐的尖叫，於是兩兄弟拔腿就跑，一下子就不見蹤影了。

愛麗絲往樹林內跑了一點，然後停在一棵大樹下。「在這裡牠抓不到我，」她想：「牠太大了擠不進這些樹。但我希望牠別這樣一直拍翅膀，這會在林子內形成颶風了，喔！有人的披肩被吹到這裡來了！」

5 綿羊與小河

她一邊說一邊抓住披肩，並尋找它的主人。不久白皇后雙臂大張的狂奔過樹林，看起來像在飛似的，於是愛麗絲很有禮貌的帶著披肩去見她。

「很高興我正好抓住它。」愛麗絲說，並一邊幫她再把披肩披上。

白皇后只是以無助害怕的神情看著她，嘴裡不停的喃喃自語，聽起來好像是在說：「奶油麵包，奶油麵包，」於是愛麗絲認為如果想要有番對話，她得自己設法才行。因此她怯生生的說：「我是在對白皇后說話嗎？」

「嗯，沒錯，假如妳稱之為著裝的話，（註）」皇后說：「但我可一點也不這麼想。」

愛麗絲心想在談話一開始就爭論是不恰當的，因此她微笑著說：「假如陛下願意告訴我正確的方式，我願盡力去做。」

「但我根本不想這麼做！」可憐的皇后嘆息著說：「我已經自己穿了兩個鐘頭了。」

註：此處皇后將愛麗絲說的「addressing，對……說話，」聽成「a-dressing，著裝」了。

愛麗絲則認為，如果有個人來幫她著裝的話，情形將會好很多，因為她看起來實在很凌亂。「每樣東西都歪七扭八的，而且全身到處是別針！」愛麗絲心想。「我可以幫妳把披肩披正嗎？」她大聲接著說。

「我不懂它是怎麼搞的！」皇后憂愁的說：「我想，它一定是在鬧脾氣。我這裡也別過，那兒也別過，但就是沒有一處它滿意的！」

「妳知道，假如妳把別針通通別在同一邊，是無法披好它的，」愛麗絲說，一邊輕輕的幫她把別針固定好。「還有，天哪，妳的頭髮還真亂！」

「髮刷纏在裡面了！」皇后嘆了口氣說：「而我昨天又丟了梳子。」

愛麗絲小心的把髮刷拿出來，然後盡力將頭髮整理好。「看，妳現在看起來好多了！」把多數的別針重新定位後，她說：「但妳真該有位侍女！」

「我很樂易雇用妳當侍女！」皇后說：「一週兩便士，每兩天有果醬。」

愛麗絲忍不住笑了，並說，「我不要妳雇用我，而且我也不想要果醬。」

「是很好的果醬喔！」皇后說。

「嗯，總之，我今天不想要。」

「妳真想要的話也沒有了，」皇后說：「規定是，明天果醬和昨天果醬，但從沒有今天果醬。」

「有時候一定也會出現『今天果醬』的。」愛麗絲抗議說。

「不，不可能，」皇后說。「它是隔一天果醬，今天並不是隔一天，妳知道的。」

「我不懂妳說的，」愛麗絲說：「真是令人不解！」

「那便是往後活的結果，」皇后溫和的說：「一開始總會使人有點暈頭轉向的。」

「往後活！」愛麗絲驚訝的重複一遍。「我從沒聽過這種事！」

「不過這有個好處，就是妳會有雙向的記憶。」

「我很肯定自己只有單向的記憶，」愛麗絲說：「我沒辦法記得還沒發生的事。」

「只能回憶的記憶是很貧乏的。」皇后說。

「那妳最記得的是什麼樣的事？」愛麗絲大膽的問。

「喔，是下下週要發生的事，」皇后不經意的回答：「比如說，像現在，」她一邊說，一邊在指頭上貼上一大塊藥膏，「國王的使者。他就在監獄裡，受處罰；而審判要到下星期三才會舉行，而當然罪行最後才會發生。」

「萬一他沒有犯罪呢？」愛麗絲問。

「那更好，不是嗎？」皇后說，同時用一些緞帶綁住藥膏。

愛麗絲覺得這一點倒是不容否認。「當然那樣子是更好，」她說：「但這麼一來他現在受罰可就不好了。」

「總之，這妳又錯了。」皇后說：「妳受過罰嗎？」

「只有在犯錯時。」愛麗絲說。

「我知道，妳因此表現得更好了！」皇后得意的說。

「沒錯，但是我之前先做了該受罰的事，」愛麗絲說：「那是完全不同的情形。」

「但如果妳沒做那些事，」皇后說：「那還是更好；更好，且更好，而且更好！」她每說一次「更好」聲音就提高一些，最後完全變成尖叫聲。

愛麗絲才剛開始要說「這當中有錯誤……」這時皇后開始大聲喊叫，因此她只好話還沒說完就停了下來。「喔，喔，喔！」皇后叫著，同時搖著手，好像要把它搖掉一般。「我的手指流血了！喔，喔，喔，喔！」

她的尖叫聲就跟蒸汽引擎的鳴聲一模一樣，因此愛麗絲不得不用雙手摀住耳朵。

「怎麼了？」一待有機會出聲時她便問。「妳刺到手指頭了嗎？」

「還沒有，」皇后說，「但很快便會刺到了……喔，喔，喔！」

「妳預計什麼時候會發生呢？」愛麗絲問，覺得自己都快笑出來了。

「當我再次固定披肩時，」可憐的皇后呻吟說：「胸針馬上就要鬆開了。喔，喔！」正當她說著這些話時胸針鬆開了，皇后粗野的抓住它，試著再把它鉤住。

「小心！」愛麗絲叫。「妳都把它給抓彎了！」然後她抓住胸針；但太遲了，針已滑出來，而皇后也刺到手指了。

「妳看，這就是流血的原因，」她微笑的對愛麗絲說：「現在妳了解這裡的情形了。」

「但妳現在為何不叫了？」愛麗絲問，伸出手準備再摀住耳朵。

「唉，我已經叫完了，」皇后說：「再叫一次有什麼好處？」

這時天空變亮了。「烏鴉一定是飛走了，」愛麗絲說：「真高興牠飛走了。我之前還以為是夜晚來臨了。」

「我希望自己能設法高興！」皇后說：「但我就是記不住這條規定。住在這樹林裡，必須非常快樂，並且隨時感到高興！」

「只是在這裡好孤單！」愛麗絲悶悶不樂的說；同時一想到自己的孤單，兩顆大淚珠不禁流下臉頰。

「喔，別這樣！」可憐的皇后叫道，一邊絕望的扭絞她的手。「想想妳自己是很棒的女孩。想想妳今天走了多遠的路。想想現在是幾點鐘。想想任何事，就是不要哭！」

愛麗絲聽到這話不禁笑了起來，即使眼淚都還沒乾。「妳可以藉著想事情來停止哭泣嗎？」她問。

「這就是停止哭泣的方法。」皇后堅定的說：「沒有人可以同時做兩件事，妳知道的。我們從想想妳的歲數開始……妳幾歲了？」

「我正好七歲半。」

「妳不需要說『真的』，（註）」皇后說：「不說那個字我也會相信妳的。現在我告訴妳一些可以相信的事。我剛好一百零一歲，過五個月又一天。」

「我無法相信這點！」愛麗絲說。

「妳沒辦法嗎？」皇后遺憾的說：「再試試看，深吸一口氣，且閉上眼睛。」

愛麗絲笑了。「試也沒用，」她說：「人是沒辦法相信不可能之事的。」

「我敢說妳一定練習得不多，」皇后說：「我在妳這年紀時，總是一天練半小時。哇，有時候在早餐之前我所相信的不可能之事就已多達六件了。披肩又飛走了。」

她說話時胸針又鬆開了，一陣突如其來的強風把皇后的披肩吹過一條小溪。皇后再次伸出雙手，飛奔著去追它，這一次她成功的自己抓住了披肩。「我抓到了！」她得意的大喊。「現在妳可以看我再把它別上去，完全靠自己！」

「我希望妳的手指現在好多了？」愛麗絲很有禮貌的說，同時跟著皇后越過小溪。

* * *

註：此句中，皇后將愛麗絲說的「exactly，正好」聽成「exactually，真的」。

「喔，好很多了！」皇后大聲說，她的聲音同時隨著她的話一直提高到成為尖銳的叫聲。「好多了！好……多了！好……　……多了！好……　……　……」最後一個字結果變成了長長的嗚叫聲，就跟綿羊的叫聲一樣因而使得愛麗絲相當吃驚。

她看著皇后，後者似乎在一瞬間將自己全身裹上羊毛。愛麗絲揉揉眼睛，再仔細看一次。她一點都不明白到底發生了什麼事。她是在一間店裡嗎？還有那是真的嗎，真是一隻羊坐在櫃檯後面嗎？儘管她眼睛揉了又揉，眼前所見就是如此：她身在一間昏暗的小商店裡，雙肘倚在櫃檯上，她對面是一隻老綿羊，坐在椅子上編織，還不時停下來透過一副大眼鏡看著她。

「妳想買什麼？」綿羊最後問，同時停下編織抬頭看了一會兒。

「我還不太確定，」愛麗絲非常輕聲的說：「可以的話，我想先四處看看。」

「妳想看的話，可以往前看，往兩邊看，」綿羊說：「但妳無法四處看，除非妳的頭後面長眼睛。」

但一如事實，愛麗絲後面是沒長眼睛。於是她轉了一圈自我安慰一下，仔細端詳她面前的架子。店裡似乎充滿各式各樣奇奇怪怪的東西，但最古怪的一點是，每當她仔細看著任何一個架子，想看清楚上面究竟是什麼東西時，那個架子總是空空的，而它周圍的架子上所放的東西則是滿得不能再滿。

「這裡的東西還真是會到處流動！」最後她聲音哀怨的說。在這之前她已白花了約一分鐘左右的時間追逐一個又大又亮的東西，它有時像個洋娃娃，有時又像個工作箱，而且不管她注視哪一個架子，東西總是出現在緊臨它上方的另一個架子裡。「這真是最氣人的一個，可是我告訴妳，」她接著說，因為她突然有個念頭，「我要一直跟著它到最頂端的架子。它總沒有辦法穿過天花板吧，我想！」

但即使是這個計畫也失敗了。那個「東西」無聲無息的穿過天花板，彷彿相當習慣似的。

「妳是個孩子還是個旋轉陀螺？」綿羊說，同時拿起另一對織針。「妳快要令我頭暈了，如果妳繼續那樣轉圈圈的話。」她現在同時處理十四對針，因此愛麗絲不由得大為驚訝的看著她。

「她怎能用這麼多針來織？」這個滿腹疑惑的孩子心想。「每過一刻鐘，她就變得越來越像豬了！」

「妳會划船嗎？」綿羊問，邊說還邊交給她一對織針。

「會，一點點，但不是在陸地上，而且也不是用針划。」愛麗絲才開始說著，她手上的針就突然變成了槳，接著她發現她們正在一艘小船上，沿著河岸往前划行，因此她只好盡力划槳。

「羽毛！」綿羊大聲說，同時拿起另一對針。

這聽起來並不像是需要回答的話，因此愛麗絲一語不發，只是用力划。河水有些古怪，她想，因為有時槳會被卡在裡面，很難拉出來。

「羽毛！羽毛！」綿羊又大叫，同時拿出更多的針。「妳馬上要抓到一隻螃蟹了。」

「可愛的小螃蟹！」愛麗絲心想。「我應該會喜歡的。」

「妳沒聽到我說『羽毛』嗎？」綿羊生氣的說，又抓起一大把針。

「我是聽到了，」愛麗絲說：「妳說了好幾次，而且很大聲。請問，螃蟹在哪裡？」

「當然在水裡！」綿羊說，一邊將一些針插在她的毛上，因為她的手都拿滿了。「我說『羽毛』！」

「妳為何要一直說『羽毛』呢？」愛麗絲最後相當氣惱的說。「我又不是鳥類！」

「妳是，」綿羊說：「妳是隻小鵝。」

這有點觸怒了愛麗絲，因此有一兩分鐘時間她們便不說話，這時船繼續徐徐前行，有時候經過蘆葦叢（這時槳會卡在水裡，比先前更嚴重），有時候經過樹下，但兩邊總是有高高的河岸怒目注視著她們。

「喔，真好！那兒有芳香的燈心草！」愛麗絲精神突然一振的說：「真的有，而且好漂亮！」

「妳不須對我說『真好』，」綿羊說著，頭也不抬的繼續編織：「又不是我把它們種在那裡的，而且我也不打算拿走它們。」

「不是，但我的意思是……拜託，我們可以停下來摘一些嗎？」愛麗絲懇求道：「假如妳不介意把船停一下的話。」

「我怎麼停？」綿羊說：「如果妳不划船，它自己就會停止了。」

於是她們便讓小船順著河自由漂流，最後它輕緩的划到了搖曳的燈心草中。愛麗絲小心的捲起袖子，小手臂伸出去讓手肘以下全沒入水中，以便能從較底下的部分折斷它們。有一段時間愛麗絲完全忘了綿羊和她的編織，她只是傾身在船的一側，糾纏的髮梢輕沾水面，睜著明亮熱切的雙眼一束一束的拔下可愛芳香的燈心草。

「但願船別翻了！」她自言自語的說：「喔，這朵多可愛！只是我摘不到。」那看起來當然是有點惱人（「幾乎好像它是故意長在那邊的。」她想）因為，縱使她在船順流而下時，摘了不少美麗的燈心草，但總是有更美的一朵是她摘不到的。

「最美的總是長得更遠！」她最後說，對於燈心草故意長那麼遠，深深嘆了一口氣，這時，她帶著發紅的雙頰及滴著水的頭髮和雙手，坐回她的座位，開始整理她新得的寶藏。

那時不知怎的，從她把燈心草摘下來的那一刻起，它們便開始凋萎，並且失去原有的芳香和美麗！即使是真的燈心草，你知道的，能持續的時間就很短了，而這些，由於是夢幻燈心草，在它們成堆躺在她腳下時，便幾乎如雪般立刻消散了。但愛麗絲並沒有注意到這個，因為還有那麼多奇怪的事物占去她的思緒。

她們前進沒多久，一枝槳就卡在水裡不肯出來（愛麗絲事後這麼解釋），結果槳的把手打到她的下巴，愛麗絲連續輕輕尖叫了幾聲後，還是被打離座位，掉到燈心草堆上。

然而，她一點也沒受傷，並且很快就站起來，綿羊則是一直在編織，彷彿什麼事也沒發生過似的。「妳剛剛抓到的是一枝好螃蟹！」她說，這時愛麗絲一邊坐回她的座位，而且很慶幸發現自己還在船上。

「是嗎？我沒看到，」愛麗絲說，同時小心的探身船側，往黝黑的水裡看。「真希望它沒有跑掉。真想帶隻小螃蟹回家！」但綿羊只是輕蔑一笑，並繼續她的編織。

「這裡有很多螃蟹嗎？」愛麗絲問。

「螃蟹，及各式各樣的東西，」綿羊說：「選擇很多，只是妳要拿定主意。現在，妳到底要買什麼？」

「買！」愛麗絲以半是驚訝、半是害怕的語氣回應，因為槳、船，和河水在一轉眼間消失了，她又回到那間又小又暗的商店。

「我想買個蛋，拜託，」她怯生生的說：「妳怎麼賣呢？」

「一個五便士，兩個二便士，」綿羊回答。

「兩個比一個便宜？」愛麗絲驚訝的說，一邊拿出她的錢包。

「只是妳必須把兩個都吃了，假如妳買兩個的話。」綿羊說。

「那麼我買一個就好了，麻煩妳，」愛麗絲說，同時將錢放在櫃臺上。因為她心想，「它們可能一點都不好吃。」

綿羊收下錢，並將它放在一個盒子裡，然後她說：「我從不把東西交到人們手裡，那是行不通的。妳必須自己去拿。」說著，她就走到商店的另一端，把蛋豎在架子上。「我不懂為何會行不通？」愛麗絲心想，同時在桌椅間摸索著前進，因為店的盡頭相當暗。「似乎我越靠近，那些蛋就離得越遠。我看看，這是張椅子嗎？哇，我敢說，它有枝幹！樹長在這裡可真怪！而事實上這裡還有條小溪！嗯，這可真是我見過最古怪的商店了！」

*　　*　　*

於是她繼續往前走，每走一步心裡的疑惑就越深，因為每當她接近任何一樣東西，它立刻就會變成一棵樹，所以她預料那顆蛋也將如此。

6 蛋人

然而，蛋只是變得越來越大，越來越像人：走到離它數碼遠的地方時，她看到它有眼睛、鼻子和嘴巴；再走近一點時，她清楚的看出來那是蛋人沒錯。「不可能是別人！」她對自己說：「我非常肯定，就好像他臉上寫有名字一般。」

真要寫的話，他那張大臉上都可以寫上一百個名字了。蛋人雙腿交叉，像個頑童般，坐在高牆上，牆很窄因此愛麗絲不由得懷疑他怎能保持平衡。而且，由於他雙眼一直盯著另一個方向看，根本不理會她，所以愛麗絲心想，他必定是個自負的傢伙。

「他可真像是個蛋！」她大聲說，站在那裡兩手準備隨時能接住他，因為她一直認為他會掉下來。

「那是很惱人的。」靜默了很久後蛋人說，眼睛還是沒有看著愛麗絲，「被稱為蛋——真的！」

「我是說你看起來像個蛋，先生。」愛麗絲溫和的解釋。「而且有些蛋很漂亮，你知道的。」她補充說，希望能將她的話轉為讚美。

「有些人，」蛋人說，還是一樣沒有看著她，「無知得像嬰兒！」

愛麗絲不知道要如何回應。這根本不像對話，她心想，因為他從沒有看著她說話。事實上，他最後一句話很顯然是對著一棵樹說的。因此她站在那裡輕聲的念：

蛋人，蛋人，坐在牆上；
蛋人，蛋人，跌一大跤。
國王的騎士和國王的臣
都無法將蛋人再歸回原位。

「最後一句對這首詩而言太長了。」她接著又說，且幾乎是大聲的衝口而出，忘了會被蛋人聽到。

「別那樣站著，自己叨絮個不停，」蛋人說，眼睛第一次看著她，「告訴我妳的名字和工作。」

「我的名字叫愛麗絲，但是……」

「那名字真是有夠愚蠢！」蛋人不耐煩的打岔。「它是什麼意思？」

「名字一定要有意思嗎？」愛麗絲懷疑的問。

「當然要有，」蛋人短笑一聲說：「我的名字表示了我的形狀，而且還是個漂亮的形狀。

像妳的名字，就幾乎各種形狀都有可能。」

「你為何自己坐在外面呢？」愛麗絲說，不想引起一場爭論。

「唉，是因為沒人和我在一起！」蛋人叫道：「妳以為我不曉得要如何回答嗎？換別的問題。」

「你不認為到地上來會比較安全嗎？」愛麗絲接著說，一點也不想製造另一個謎題，只是好心的為這個奇怪的人物擔心。

「妳問的謎題真是簡單！」蛋人抱怨的說：「我當然不這麼想！唉，如果我真的掉下來，那是不可能的……但如果真的掉下來……」說到此他雙唇緊閉，神情莊嚴且自負，使得愛麗絲忍不住笑出來。「如果我真的掉下來，」他繼續說：「國王答應過我，啊，妳可以臉色發白，如果妳想的話！妳不認為我要說出來，對不？國王答應過我……他親口說的……要……要……」

「要出動他全部的騎士和大臣。」愛麗絲相當不智的打岔。

「我可要說那太糟了！」蛋人叫道，情緒突然激動起來。「妳曾在門外，在樹後，還有躲在煙囪裡聽，否則妳不可能會知道的！」

「我沒有，真的！」愛麗絲很溫和的說：「是書上寫的。」

「啊，好吧！書上可能有寫，」蛋人語氣較平緩的說。「就是你們所謂的英國歷史，一定是。現在，仔細看看我！我就是和國王說過話的那一位，就是我。妳或許再也找不到像我這樣的人了。為了表示我並不驕傲，妳可以和我握握手！」然後他笑得臉都快裂成兩半似的，同時傾身向前（這麼做時，他似乎都快從牆上跌下來了）伸出一隻手給愛麗絲。

和他握手時，愛麗絲一邊不安的看著他。「假如他再多笑一點的話，他嘴巴的兩端可能就會在後面會合了，」她想：「然後不知道他的頭會怎樣！恐怕它會掉下來！」

「沒錯，他全部的騎士和大臣，」蛋人繼續說：「他們會立刻將我撿起來，他們會的！不過，這番對話進行得太快了點。讓我們回到上一句話去。」

「恐怕我不太記得上一句對話。」愛麗絲很客氣的說。

「這樣的話我們重新開始，」蛋人說：「換我選話題了……」（「他講話的樣子彷彿那是場遊戲似的！」愛麗絲心想。）「那麼問妳一個問題。妳剛剛說妳幾歲？」

愛麗絲計算了一下，然後說：「七歲又六個月。」

「錯了！」蛋人得意的叫。「妳剛剛根本沒說到這個！」

「我以為你的意思是說『妳幾歲？』」愛麗絲解釋道。

「如果我是那個意思，我就會那樣說了。」蛋人說。

愛麗絲不想引發另一場爭論，於是便默不作聲。

「七歲又六個月！」蛋人若有所思的複述一遍。「一個不舒服的年齡。如果妳徵詢過我的建議，我就會說『停在七歲』……不過現在太遲了。」

「我從不徵詢有關成長的建議，」愛麗絲憤然的說。

「太自負了？」對方問。

愛麗絲對於這個看法更氣憤了。「我的意思是，」她說：「長大是無可避免的。」

「一個人避免不了，或許，」蛋人說：「但兩個人就可以避免。有適當協助的話，妳就可能停止在七歲了。」

「你的腰帶真漂亮！」愛麗絲突然說。（她認為，他們對於年紀的話題談得已經夠多了，而且如果他們真是輪流選話題的話，現在該輪到她了。）「至少，」她念頭一轉，更正說，「是漂亮的領巾，我應該這麼說。不，我的意思是，腰帶，對不起！」她驚慌的接著說，因為蛋人看起來一副完全被觸怒的樣子，所以她開始希望自己沒有選那個話題。「真希望我知道，」她心想，「哪裡是脖子，還有哪裡是腰！」

蛋人很顯然非常生氣，有一兩分鐘都沒說話。等他再開口說話時，他低沉的抱怨說。「那是……最……氣人……的事，」他最後說：「當一個人分不清領巾和腰帶時！」

「我知道我很無知。」愛麗絲說，語氣極為謙卑，蛋人的情緒因此緩和了下來。

「那是條領巾，而且如妳剛剛所說的，是條漂亮的領巾。是白國王和皇后送給我的禮物。

妳看！」

「真的嗎？」愛麗絲說，很高興發現自己終究是選對了話題。

「他們把它送給我，」蛋人若有所思的繼續說，同時把一隻膝蓋跨到另一隻膝蓋上，手並且緊緊抓著膝蓋，「他們把它送給我……當作非生日禮物。」

「對不起，你說什麼？」愛麗絲困惑的說。

「我沒有生氣。」蛋人說。

「我是說，什麼叫非生日禮物？」

「當然是在不是妳生日時送的禮物。」

愛麗絲想了一下。「我還是最喜歡生日禮物。」她最後說。

「妳根本不知道自己在說什麼！」蛋人叫道：「一年有幾天？」

「三百六十五天，」愛麗絲說。

「那妳有幾個生日？」

「一個。」

「如果妳把三百六十五減掉一，剩多少？」

「三百六十四。」

蛋人懷疑的看著。「我寧可看妳寫在紙上算。」他說。

愛麗絲拿出她的隨身手冊時，忍不住微笑，然後將數目算給他看：

365－1＝364

蛋人接過本子，仔細看了一下。「看來是做對了。」他開口說。

「你拿顛倒了！」愛麗絲打岔說。

「我就知道！」當愛麗絲幫他轉過來時，蛋人高興的說。「我剛剛就認為它看起來很奇怪。就像我剛剛說的，看起來像做對了。雖然此刻我沒有時間仔細檢查。這表示有三百六十四天妳可以得到非生日禮物。」

「當然！」愛麗絲說。

「而只有一天可以得到生日禮物。這便是我對妳的榮耀！」

「我不懂你說的『榮耀』是什麼意思，」愛麗絲說。

蛋人露出輕蔑的笑容：「妳當然不懂，除非我告訴妳。我的意思是『那就是辯過妳的一個漂亮勝利論點！』」

「但『榮耀』並沒有『一個漂亮勝利論點』的意思。」愛麗絲抗議。

「當我使用一個字時，」蛋人語氣相當輕蔑的說：「它的意思便正是我選擇要表達的意思——不多也不少。」

「問題在於，」愛麗絲說：「你可否讓字表示這麼多不同的東西。」

「問題在於，」蛋人說：「誰是主人——這才是重點。」

愛麗絲困惑的說不出話來，因此一會兒後蛋人又開始說話。

「它們是有脾氣的，其中的一些……特別是動詞，它們是最驕傲的。妳可以任意處理形容詞，但動詞就沒辦法。不過，我就是有辦法全部掌握它們！停！停！我就說到此！」

「可否請你告訴我，」愛麗絲說：「那是什麼意思？」

「妳現在說話的樣子像個懂事的小孩了，」蛋人說，神情看來很愉快。「我說『停』表示我們那個話題已談夠了，還有妳也該說說接下來妳打算做什麼事，因為我想妳總不打算讓往後的生命就停留在此吧。」

「這字的含意可真多。」愛麗絲若有所思的說。

「當我叫一個字做這麼多的工作時，」蛋人說：「我總是會額外付費。」

「喔！」愛麗絲說。她已困惑得說不出話來了。

「啊，妳真該看看它們在一個週六夜晚，圍在我身邊的情形，」蛋人繼續說，頭還一邊莊嚴的左右搖擺：「就是為了要領薪資。」

（愛麗絲沒有勇氣問他用什麼來付薪資，所以我也就無法告訴你了。）

「你看來很精於解釋字詞，先生，」愛麗絲說：「那你可以好心的告訴我〈無意詩〉這首詩的意思嗎？」

「我們來聽聽看，」蛋人說：「我可以解釋所有已創作出來的詩，以及相當多還未創作出來的詩。」

這聽來頗有希望，因此愛麗絲便念出第一節詩句：

烤餐時間，黏軟的透佛
在遠延上儀轉與錐鑽
最是悲脆波若葛佛鳥
以及遠圖瑞斯的吼哨

「開頭這樣就夠了，」蛋人打岔說：「當中有不少難字了。『烤餐時間』表示下午四點鐘，就是妳開始烤東西當晚餐的時間。」

「有理，」愛麗絲說：「那『黏軟』呢？」

「嗯，『黏軟』表示『柔軟而黏滑』。『柔軟』和『活躍』是相同的。妳看就像兩意合一的字一樣，也就是把兩個意義併合在一個字裡面。」

「現在我懂了，」愛麗絲若有所思的說：「那『透佛』是什麼？」

「嗯，『透佛』是像獾一樣的東西──它們有點像蜥蜴──而且又有點像瓶塞鑽一樣。」

「它們一定是長相非常奇特的生物。」

「它們就是那樣，」蛋人說：「它們還築巢在日晷底下，還有它們靠乳酪維生。」

「那什麼又是『儀轉』和『錐鑽』？」

「『儀轉』就是像迴轉儀般的一直旋轉。『錐鑽』就是像螺絲錐一樣的鑽洞。」

「而我猜『遠延』就是日晷周圍的草坪？」愛麗絲說，同時訝異於自己的創造力。

「當然是囉。妳知道，它之所以稱為『遠延』是因為它遠遠的往前延伸，以及往後延伸……」

「還有遠遠的往兩側延伸。」愛麗絲說。

「完全正確。再來，『悲脆』是『脆弱而悲哀』（再送你一個兩意合一的字）。而『波若葛佛鳥』則是樣子瘦弱寒酸的鳥，全身都是突起的羽毛，就好像活的抹刷般。」

「那麼『遠園瑞斯』呢？」愛麗絲問：「恐怕我給你帶來不少麻煩吧。」

「嗯，『瑞斯』是一種綠色的豬。但『遠園』我就不太確定了。我想它可能是『遠離家園』的縮寫，意思是說它們迷路了，妳知道的。」

「那『吼哨』是什麼意思呢？」

「嗯，『吼哨』是介於吼叫和哨音之間的聲音，中間還夾著像打噴嚏的聲音。不過，妳會聽到它的，或許，往前在那邊的樹林裡，只要聽過一次，妳就會心滿意足了。誰念這些困難的東西給妳聽的？」

「我在一本書上看到的，」愛麗絲說：「不過是有人念詩給我聽，比剛剛那首簡單多了，念的人是……八兩吧，我想是的。」

「說到詩，妳知道的，」蛋人說，同時伸出他的一隻大手，「我可以念得和其他人一樣好，假如想到一首詩的話。」

「喔，不需要想！」愛麗絲連忙說，希望能阻止他。

「我要念的作品，」他不理會她的話繼續說：「完全是為了娛樂妳而寫的。」

愛麗絲覺得既然如此的話她就真該聽一聽，於是她坐下來，並可憐兮兮的說了聲「謝謝你」。

冬季，當大地一片雪白，
我唱此歌使妳高興——

「只是我現在不是用唱的。」他接著說，以做解釋。

「我看得出你沒唱。」愛麗絲說。

「假如妳可以看出我是否用唱的，妳的眼睛可真是最銳利的了。（註）」蛋人嚴厲的說。

愛麗絲保持沉默。

春季，當樹林逐漸轉綠，
我將試著把我的意思告訴妳。

「非常感謝你。」愛麗絲說。

夏季，當白晝變長，
妳或許將了解這首歌：
秋季，當樹葉轉為棕色，
拿著筆和墨，將它寫下來。

「我會的，如果到那麼久我還能記得的話。」愛麗絲說。

「妳不需要一直那樣子發表意見，」蛋人說：「它們沒有意義，而且還會把我攪亂了。」

註：此處作者用see做「知道」與「看出」之相關語。

我送個訊息給魚群，
告訴它們：『這是我的希望。』

海中的小魚，
它們將答覆回傳給我。
小魚的答覆是
『我們辦不到，先生，因——』

「恐怕我不太了解。」愛麗絲說。
「再往下就會比較簡單了。」蛋人回答。

我再一次傳訊說
『最好是服從。』

魚群笑著答，
『唉，你的脾氣可真差！』
我告訴它們一遍，我告訴它們兩遍：

它們就是不聽勸。

我拿起一個水壺大又新，
符合我該做的舉動。

我心在跳，我心砰砰，
用幫浦灌水入水壺。

有人過來對我說，
『小魚已經都睡臥。』

我對他說，簡單而明瞭，
『那你就須再喚醒它們。』

我說得大聲又清楚；
我對著他的耳朵吼。

蛋人念到這裡時聲音高得都快成尖叫聲了，愛麗絲不由得顫慄的想，「我絕不要當那個信差！」

但他固執又驕傲；
他說『你不須吼得這麼大聲！』
他非常驕傲又固執；
他說『我會去喚醒它們，假如——』

我從架上拿起瓶塞鑽：
自己去喚醒它們。

當我發現門上了鎖，
我又拉又推又踢又敲。
當我發現門關著，
我試著轉動把手，但——

聲音停頓了很久。

「念完了嗎？」愛麗絲小心翼翼的說。

「念完了，」蛋人說：「再見。」

這倒是相當突然，愛麗絲心想。但聽到這強烈暗示她該離開的話後，她覺得繼續停留是不禮貌的。因此她站起來，伸出手。「再見，下回再見！」她盡量愉快的說。

「假如我們真的再見，我也認不得妳，」蛋人語氣不滿的說，同時伸出一隻手指讓她握；「妳跟其他人長得一模一樣。」

「長相是與生俱來的。」愛麗絲以深思的口氣說。

「那就是我抱怨的地方，」蛋人說：「妳的臉和別人的都相同——兩個眼睛，這樣子……」（用他的大拇指在空中標示出它們的位置）「鼻子在中間，嘴巴在下面。總是都一樣。現在如果妳的兩個眼睛長在鼻子的同一邊，比如說，或嘴巴長在最上面，就會有點幫助。」

「那樣可不好看。」愛麗絲提出異議。但蛋人只是閉上眼睛說：「等妳試了再說。」

愛麗絲等了一會看看他是否還會說話，但由於他一直沒有張開眼睛也不再理會她，愛麗絲便又說了一次「再見」。由於聽不到回應，她就悄悄離開了。但一邊走一邊忍不住說：「在所有令人不悅的人當中……（她大聲的又將這話重複一遍，似乎能說出這麼長的字是一大安慰）在我碰過的令人不悅的人當中……」她沒有機會講完這句話，因為此刻沉重的撞擊聲撼動了整座森林。

7 獅子與獨角獸

接著士兵們衝過樹林，一開始是三三兩兩的，然後是十或二十個一起，最後人數多得似乎可以充滿整座樹林了。愛麗絲閃到一棵樹後面，以免被踐踏到，然後在一旁觀看他們。

她這輩子可沒見過腳步如此不穩的士兵，他們總是踩到東西或別人，而且只要一有人倒下，隨後就會有更多的人撲倒在他身上，因此地上很快就躺滿了成堆的人。

然後騎士也來了。由於馬有四隻腳，所以牠們走得比步兵好。不過即使是牠們也時時絆倒；而且那似乎是一項常規，每當有馬絆倒，騎士就立刻滾下來。這種混亂的情形越來越嚴重，所以愛麗絲很高興能跑出樹林

進到一處空地，在那裡她看到白國王坐在地上，正忙著寫他的備忘錄。

「我全都派出來了！」一看到愛麗絲，國王就語調欣悅的大聲說：「親愛的，在妳穿過樹林時，妳有碰到任何士兵嗎？」

「有，我看到了，」愛麗絲說：「有好幾千人。」

「正確的數目是，四千兩百零七人。」國王看一下他的本子說：「我無法派出全部的騎士，因為比賽需要用到其中的兩個。還有我也沒有派出兩位信差。他們兩個都到城裡去了。看看道路，告訴我妳是否有看到其中的一個。」

「我看是沒人（Nobody）。」愛麗絲說。

「真希望我有這種眼力，」國王語氣煩悶的說：「能夠看到『沒人』！而且又是在這麼遠的距離！哎！在這種光線下，我最多只能看到真人！」

這些話愛麗絲完全聽不懂，她只是繼續專心的看著路上，同時用一隻手遮擋陽光。

「現在我看到一個人了！」她終於叫道：「但他走得很慢……而且他的姿態好奇怪！」（因為信差一路上不停的跳來跳去，像鰻魚一樣蜿蜒前進，而且還張著兩隻大手掌，就好像兩側各有隻扇子般。）

「一點都不奇怪，」國王說：「他是個盎格魯撒克遜的信差，那就是盎格魯撒克遜人的姿態。他高興時才會作出那種姿態。他的名字叫海爾（Haigha）。」（他這樣念以便和「梅爾，mayor」押韻。）

「我以一個H愛我所愛，」愛麗絲忍不住念起來：「因為他是快樂（Happy）的。我以一個H厭恨他，因為他是可恨（Hideous）的。我用……用……用火腿三明治（Ham-Sandwiches）和乾草（Hay）餵他。他的名字叫海爾（Haigha），他住在……」

「他住在山坡（Hill）上，」國王輕鬆的說，根本沒有想到他正加入此遊戲，而那時愛麗絲都還在想著以H開頭的城市名稱。「另一個信差叫海特（Hatta）。我需要兩個信差，以便來去。一個來，一個去。」

「對不起，你說什麼？」愛麗絲說。

「行乞是不榮譽的。（註）」國王說。

「我的意思是說我不懂，」愛麗絲說：「為何一個來，一個去？」

「我不是告訴妳了嗎？」國王不耐煩的說：「我需要兩個，以便去拿取和攜回。一個去拿，一個帶回來。」

這時信差到了。他喘得說不出話，只能兩手到處揮動，並對著國王做出最可怕的表情。

「這位年輕的小姐以一個H愛你。」國王說，並向他介

註：此處國王將「『beg』Your pardon」的「beg」誤解為「行乞」。

紹愛麗絲，希望能以此轉移信差對他的注意力，但沒有用，他那種盎格魯撒克遜的姿態只是越來越誇張，同時大眼睛還咕嚕咕嚕的轉。

「你嚇到我了！」國王說：「我快暈倒了。給我一分火腿三明治！」

愛麗絲覺得很有趣的是，信差一聽這話，馬上打開他掛在脖子上的袋子，然後拿給國王一個三明治，國王立即狼吞虎嚥的吃掉它。

「再來一個三明治！」國王說。

「現在只剩乾草了。」信差看了袋子一眼說。

「那麼，就拿乾草吧。」國王聲音微弱的低語說。

愛麗絲很高興看到乾草讓他精神提振了許多。「當妳暈眩時，沒有任何東西的效果會像吃乾草一樣。」他一邊用力咀嚼，一邊對愛麗絲說。

「我倒認為向你潑冷水會更好些，」愛麗絲提議：「或一些嗅鹽。」

「我沒有說乾草最好，」國王回答：「我只是說沒有東西像它。」這一點愛麗絲倒是不敢冒然否認。

「你在路上看過些什麼人？」國王繼續說，同時伸手向信差再多要些乾草。

「沒人（Nobody）！」信差說。

「沒錯，」國王說：「這位年輕的小姐也看到了。那麼『沒人』（Nobody）想必走得比你慢囉。」

「我很盡力，」信差語氣憤慨的說：「我相信沒人走得比我快！」

「他不可能比你快，」國王說：「否則他就會先到達這裡了。不過，現在你已不喘了，可以告訴我們城裡發生的事了。」

「我要小聲的說，」信差說，同時將手圈在嘴巴邊像個喇叭狀，然後彎身湊近國王的耳朵。愛麗絲對此感到可惜，因為她也想聽聽消息。然而，他並不是用耳語的音量，而是以他最大的音量吼叫，「他們又開始了！」

「你這叫小聲說嗎？」可憐的國王叫著，同時跳起來發抖。「假如再這麼做，我就要把你塗上奶油！你的聲音像地震般穿透了我的頭！」

「那將是個非常小的地震！」愛麗絲心想。「誰又開始了？」她鼓起勇氣問。

「唉，是獅子和獨角獸。」國王說。

「為爭奪皇冠？」

「是的，」國王說：「而最好笑的是，那始終都是我的皇冠！我們跑過去看他們吧。」於是他們迅速離開，愛麗絲一邊跑，一邊念那首老歌的詞句：

獅子和獨角獸在爭皇冠：

獅子打得獨角獸滿城跑。

有人給他們白麵包，有人給黑麵包，

還有人給他們梅子蛋糕然後用鼓聲趕他們出城去。

「贏的人……就……能……得皇冠嗎？」她盡力的問，因為跑步使她快喘不過氣來了。

「天哪，才不！」國王說：「那是什麼想法！」

「可否請你……好心點，」往前跑了一段路後，愛麗絲喘著說：「停一分鐘……讓……我喘口氣？」

「我是很好心，」國王說：「只是我不夠強壯。妳知道，一分鐘速度快得嚇人。妳還不如試著阻擋一隻班德斯那奇猛獸！（註）」

愛麗絲已無力再說話，因此他們便靜靜的跑，直到看見一大群人為止，獅子和獨角獸就在人群中打鬥。他們周圍滿是濃濃的塵霧，因此愛麗絲一開始分不出哪個是哪個，但她很快就從獨角獸的角辨認出他來。他們走到另一位信差海特旁邊，觀看這場打鬥的地方，他一手端著茶，一手拿著片奶油麵包。

「他剛出獄，而他是在茶會還沒結束前就被關進去了，」海爾在愛麗絲耳邊低語說：「而且牢裡只給他們吃牡蠣殼，所以妳看得出來他又餓又渴。你好嗎，親愛的孩子？」他一邊說，一邊親熱的用手臂環住海特的脖子。

註：此處國王將愛麗絲「停一分鐘」的「停，stop」誤解為「阻擋」。

海特回過頭來點了點頭，便繼續吃他的奶油麵包。

「你在牢裡快樂嗎，親愛的孩子？」海爾說。

海特再一次回過頭，這一次一兩滴淚珠滑下他的臉頰；但還是沒說話。

「說話啊，你不會嗎！」海爾不耐煩的叫。

但海特只是大口的吃，而且還喝了些茶。

「說話，可以嗎？」國王說：「他們的打鬥進行得怎麼樣了？」

海特極盡其所能的，吞下一大片奶油麵包。「他們進行得很好，」他用哽塞的聲音說：「每人都倒了差不多八十七次。」

「那我想他們很快就要拿白麵包和黑麵包來了？」愛麗絲大膽的說。

「麵包已經在等著他們了，」海特說：「我就是從那裡拿一點來吃的。」

就在那時打鬥停止，獅子和獨角獸坐了下來，喘著氣，而國王則喊出「休息十分鐘吃點心！」海爾和海特立刻開始行動，拿了滿盤的白麵包和黑麵包。愛麗絲拿起一塊來品嘗，但麵包非常乾。

「我想他們今天不會再打了，」國王對海特說：「去吩咐開始打鼓。」於是海特便像隻蚱蜢般的跳走了。

愛麗絲靜站了幾分鐘，看著他離開。突然她精神一振。「看，看！」她叫道，同時急切的用手指著。「白皇后在那裡從鄉間跑過！她是從那邊的樹林飛奔出來的。那些皇后跑得可真快！」

「無疑的，一定是有敵人在追她，」國王頭都不回的說：「那樹林裡到處是敵人。」

「你不跑過去幫她嗎？」愛麗絲問，相當訝異於他冷靜的態度。

「沒用的，沒用的！」國王說：「她跑的速度快得嚇人。妳還不如去追一隻班德斯那奇猛獸！不過我可以寫個有關她的備忘錄，如果妳要的話——她是個可愛的好生物，」他輕輕對自己說，同時打開他的備忘錄。「你拼『生物』時用兩個『e』嗎？」

在這同時獨角獸兩手插在口袋裡，悠閒的漫步走過他們身旁。「我這一次表現得最好吧？」經過時他瞄了國王一眼說。

「有一點……有一點，」國王相當緊張的回答：「不過，你不該用角刺穿他。」

「又沒有傷到他。」獨角獸不在乎的說，然後繼續走，當他的眼光落在愛麗絲身上時，他立刻轉身，以極嫌惡的態度站著看了她一會兒。

「這……是……什麼？」他最後說。

「這是個小孩！」海爾連忙回答，同時跑到愛麗絲前面來介紹，還以盎格魯撒克遜人的姿態向她伸出雙手。「我們今天才發現它。它和活人一樣大，而且更自然！」

「我一直以為他們是神話中的怪物！」獨角獸說：「它是活的嗎？」

「它會說話。」海爾嚴肅的說。

獨角獸心不在焉的看著愛麗絲，然後說：「說話，孩子。」

愛麗絲開口說話時不由得彎起嘴角露出微笑：「你知道嗎，我也一直以為獨角獸是神話中的怪物！我以前從未見過一隻活的獨角獸！」

「好吧，既然我們彼此見過面了，」獨角獸說：「假如妳相信我，我就相信妳。同意嗎？」

「好的，如果你願意的話。」愛麗絲說。

「現在，拿出梅子蛋糕來，老頭子！」獨角獸接著轉向國王說：「你的黑麵包不適合我吃！」

「當然……當然！」國王喃喃的說，同時召來海爾。「打開袋子！」他低聲說：「快點！不是那一個，那裡面都是乾草！」

海爾從袋裡拿出一個大蛋糕，並交給愛麗絲拿著，同時自己再拿出一個盤子和刀子。愛麗絲實在猜不透袋裡怎裝得下這些東西。「就像戲法般」，她心想。

在這些事進行的同時獅子也加入了他們。牠看起來又倦又睏，眼睛都半閉了。「這是什麼！」牠說，同時對著愛麗絲懶懶的眨眼睛，說話的聲音深沉空洞，就像一口大鐘的嗚聲般。

「啊，現在，這是什麼？」獨角獸急切的叫道：「你永遠也猜不出！我剛剛就猜不出來。」

獅子疲弱的看著愛麗絲。「你是動物，或蔬果，或礦物呢？」他說，而且每說一個字就打了個呵欠。

「它是神話中的怪物！」愛麗絲都還沒回答，獨角獸便大叫著說。

「那麼把梅子蛋糕拿過來吧，怪物。」獅子一邊說，一邊躺下來並將下巴枕在掌上。「還有坐下來，你們兩位（這話是對國王和獨角獸說的），蛋糕要分得公平，知道嗎！」

國王顯然對於必須坐在兩隻巨獸當中感到相當不自在；但除此之外也沒有別的地方了。

「看，我們為這頂皇冠打得可真兇啊！」獨角獸說，同時垂涎的看著皇冠，這時國王全身發抖，差點都要把頭上的皇冠抖落了。

「我應該可以輕鬆打贏的。」獅子說。

「這可很難說。」獨角獸說。

「哇，我可是打得你滿城跑，你這膽小鬼！」獅子憤怒的回答，同時邊說邊半立起身來。

這時國王連忙打岔，以阻止他們繼續爭吵；他相當緊張，因此聲音也抖得很厲害。「滿城？」他說：「那可是一大段距離。你們有沒有經過舊橋，或市場？從舊橋經過可以看到最美

的景致。」

「我不知道，」獅子邊躺下邊低吼著說：「到處都是灰塵，所以什麼也看不見。那怪物切蛋糕的速度可真慢！」

愛麗絲之前一直坐在小溪邊，把大盤子放在膝上，並且努力的用刀子切蛋糕。「真是氣人！」她對獅子回答說（她相當習慣於被稱作「怪物」了）：「我已切好了幾片，但它們總是會再合起來！」

「妳不懂處理鏡子蛋糕的方法，」獨角獸說：「先分給大家，然後再切。」

這聽來根本沒道理，但愛麗絲還是很順從的站起來，拿著盤子走一圈，在她這麼做的同時蛋糕自動分成了三塊。當她拿著空盤子回到自己位置時，獅子說：「現在把它切一切。」

「我說，這不公平！」獨角獸突然大叫著說，這時愛麗絲才剛手拿刀子坐下來，不曉得從何開始切，「怪物給獅子的蛋糕比我的多兩倍。」

「不過，她自己都沒有，」獅子說：「妳要梅子蛋糕嗎，怪物？」

但愛麗絲都還來不及回答，鼓聲就響起來了。聲音從何而來，她也分不清。只是空氣中到處一片鼓聲，而且振耳欲聾。她於是害怕的站起來拔腿躍過小溪，同時

在她跪下來，用手摀住耳朵，試圖阻擋這可怕的巨響前，正好看到獅子和獨角獸也站了起來，臉上因餐宴被打斷而露出憤怒的表情。

「這一定就是『用鼓聲趕他們出城去』，」她心想，「不會是別的了！」

8 我的獨家發明

一陣子後，鼓聲似乎逐漸消失，到最後歸於一片靜寂，愛麗絲於是有點驚愕的抬起頭。身旁一個人也沒有，因此她的第一個念頭就是認為自己一定是夢到了獅子和獨角獸以及那些奇怪的盎格魯撒克遜信差。然而，她腳邊仍躺著那個大盤子，是她之前用來切梅子蛋糕的，「那麼，我真的不是在作夢了，」她自言自語的說：「除非……除非我們都屬於同一夢境的一部分。只是但願這是我的夢，而不是紅國王的夢！我不想屬於別人的夢，」她接著用賭氣的口吻說：「我真想去叫醒他，然後看看會發生什麼事！」

就在這時她的思緒被一個「喲乎！喲乎！」的叫喊聲打斷，然後一個身穿暗紅色甲冑的騎士，騎著馬朝她飛奔而來，同時揮舞著一枝長棍。就在他來到愛麗絲跟前時，馬突然停下來。「妳是我的俘虜！」騎士大叫，同時從馬背滾了下來。

愛麗絲雖驚訝，但那一刻她為騎士擔心的成分遠多於為自己，同時有些擔心的看著他再度騎上馬背。

一待他舒服的坐回馬鞍後，他立刻又說：「妳是我的。」但這時另一個「喲乎！喲乎！將軍！」的聲音打斷他的話，因此愛麗絲有點驚訝的環顧四周，尋找這位新的敵人。

這一次是一位白騎士。他停在愛麗絲身邊，然後像紅騎士一樣翻落馬背，然後又騎上去，兩位騎士於是坐在馬上一語不發的對視了一會兒。愛麗絲在一旁疑惑的看看這個又看看那個。

「她是我的俘虜！」紅騎士最後說。

「沒錯，但我來救她了！」白騎士回答。

「嗯，那麼我們就必須為了她而戰。」紅騎士說，同時拿起他的頭盔（它掛在馬鞍上，是個狀似馬頭的東西），把它戴上。

「當然，你會遵守戰鬥規則吧？」白騎士說，同時也戴上了頭盔。

「我一向如此。」紅騎士說，然後他們便開始猛烈的互相重擊，因此愛麗絲只好躲到一棵樹後以免被打到。

「現在，我真看不懂他們的戰鬥規則是什麼，」她自言自語，同時邊從藏身處膽怯的窺看這場打鬥：「似乎有條規定是，如果一位騎士打中了另一個，他就要將他打落馬背，如果沒打落，那麼他就要自己滾下來。還有另一條規定似乎是，他們要用手臂夾住棍棒，彷彿在演龐奇與茱蒂的木偶戲般。他們跌落馬的聲音可真大！就好像一整組的火爐用具掉在圍欄上的聲音一樣！而那些馬又好安靜！好像桌子般任他們跌下爬上的！」

另一條規定，是愛麗絲沒注意到的，他們跌落時似乎總是頭先著地，而這場打鬥就在他們雙雙肩並肩的以此姿勢跌落時結束；再度站起來時，他們互相握握手，然後紅騎士便蹬上馬急馳而去。

「這是場光榮的勝利，對不？」白騎士喘著氣走過來時說。

「我不知道。」愛麗絲懷疑的說：「我不想成為任何人的俘虜。我想當皇后。」

「妳會的，等妳越過下一道小溪後，」白騎士說：「我會護送妳平安到達樹林的盡頭，然後我就必須回頭，妳知道的。我的棋步便到此為止。」

「非常感謝你，」愛麗絲說：「我可以幫你解下頭盔嗎？」那顯然不是騎士自己可以勝任的工作；不過，她最後終於幫他解了下來。

「現在可以輕鬆的呼吸了。」騎士說，雙手同時將他蓬鬆的頭髮往後撥，並轉過他溫和的臉與善良的大眼睛來看著愛麗絲。她心想這輩子她可從沒見過樣子這麼奇怪的士兵。

他穿著錫甲冑，而且似乎很不合身，肩上還綁著一個形狀怪異的小木箱，開口朝下，而且蓋子還鬆垂著。愛麗絲很好奇的看著它。

「我看得出你很欣賞我的小箱子，」騎士語氣友善的說：「那是我的獨家發明，用來放衣服和三明治的。妳看我把它倒著放，這樣雨水就進不去了。」

「但東西會掉出來，」愛麗絲溫和的說：「你知道蓋子是開著的嗎？」

「我不知道，」騎士說，一絲煩惱的陰影掠過他臉上。「那麼所有的東西一定都掉光了！沒有東西箱子也就沒用了。」他一邊說一邊把箱子解下來，正要把它丟進樹叢時，突然好像想到什麼似的，又將它仔細的掛在樹上。「妳猜得出我為什麼如此做嗎？」他問愛麗絲。

愛麗絲搖了搖頭。

「我希望蜜蜂會在裡面築巢，那麼我就會有蜂蜜了。」

「但你已經有個蜂窩，或像個蜂窩似的東西，固定在馬鞍上了。」愛麗絲說。

「沒錯，那是個好蜂窩，」騎士口氣有些不滿的說：「最好的一種。但還沒有一隻蜜蜂進來過。另一樣東西是捕鼠器。我想是老鼠讓蜜蜂不敢接近——或者是蜜蜂讓老鼠不敢接近，不曉得是哪一個。」

「我剛剛還在想那捕鼠器有何用途，」愛麗絲說：「馬背上不太可能會有老鼠的。」

「或許，是不太可能吧，」騎士說：「但萬一牠們真的來了，我可不想讓牠們有到處跑的機會。」

「妳看，」他停了一下以後說：「最好是有萬全的準備。那便是馬的腳上圍著那些踝飾的原因。」

「但它們的用途是什麼？」愛麗絲非常好奇的問。

「保護它們不被鯊魚咬，」騎士回答：「那是我的獨家發明。現在幫我騎上馬。我陪妳走到樹林盡頭。那個盤子是做什麼用的？」

「它是用來裝梅子蛋糕的。」愛麗絲說。

「我們最好帶著它，」騎士說：「如果我們找到梅子蛋糕的話，就有盤子用了。幫我把它放進這個袋子。」

雖然愛麗絲很小心的撐開袋口拿著，但還是花了很長的時間才放好，因為騎士放盤子的動作相當笨拙，頭一兩次試的時候他盤子沒放進去，反倒是自己跌了進去。

「這裡面可真是擠滿了東西，妳看，」當他們終於把它放進去後他說：「裡面放了好多的燭臺。」然後他把袋子掛到馬鞍上，那上面已經裝載了好幾束的胡蘿蔔，火爐用具，以及許多其他的東西。

「希望妳已將頭髮綁得很緊？」當他們出發時，他繼續又說。

「只是平常的樣子。」愛麗絲微笑著說。

「那可不夠，」他不安的說：「妳看，這裡的風非常強勁。濃厚得像湯汁一樣。」

「你有沒有發明出可以使頭髮不被吹落的計畫？」愛麗絲問。

「還沒有，」騎士說。「但我有個可以不讓它垂落的計畫。」

「我倒很想聽聽看。」

「首先你拿根直豎的樹枝，」騎士說。「然後把頭髮纏在上面，像果樹一樣。頭髮之所以會垂落乃因為它們是往下懸垂的，東西不會往上掉。那便是我獨家發明的計畫。」

這聽起來可不是個舒服的計畫，愛麗絲心想，於是她靜靜的走了幾分鐘，思索著這個想法，而且還不時停下來幫助可憐的騎士，他實在是個技術不佳的騎士。

每當馬停下來（牠常常停下來），他就往前摔，而每當牠再度走動（牠通常走得很突然），他就往後摔。要不然他是騎得很好，只是偶爾會有從側邊摔下來的習慣；而且他通常跌落在愛麗絲行走的那一側，所以她很快就察覺到最好的方法，就是不要離馬太近。

「恐怕你的騎術練習得不夠多。」在第五度扶他上馬時，她大膽的說。

騎士一臉訝異，而且對她這句話有點不高興。「妳怎麼說這種話？」他問，同時慢慢爬回馬鞍上，還一手握著愛麗絲的頭髮，以防自己再從另一側摔下去。

「因為如果練習充分的話，是不會摔得那麼頻繁的。」

「我有充分的練習，」騎士非常嚴肅的說：「充分的練習！」

除了一聲「真的？」以外愛麗絲也想不出該說什麼了，不過她盡可能把它說得很誠懇。

之後他們靜靜走了一點路，騎士閉著眼，喃喃自語，而愛麗絲則不安的留意著他下一個摔跤。

「騎馬的藝術，」騎兵突然大聲說，同時邊說邊揮動右臂，「就是要保持……」這時他的話結束得和開始時一樣的突然，因為騎士頭朝下重摔了下來而且正好就落在愛麗絲的跟前。她這一次真被嚇到了，因此一邊扶他起來，一邊著急的說：「希望你沒摔斷骨頭吧？」

「根本就沒有，」騎士說，似乎斷個一兩根他也不在乎。「騎馬的藝術，如我剛剛說的，就是……保持適當的平衡。像這樣。」

他放開轡轡，兩手前伸好讓愛麗絲了解他說的意思，但這一次他往後摔得整個人躺平在地上，而且就摔在馬的腳下。

「充分的練習！」在愛麗絲扶他站起來的這段時間內，他繼續不斷的說：「充分的練習！」

「這實在太荒謬了！」愛麗絲叫道，這一次她可真是不耐煩了。「你應該騎隻有輪子的木馬，真的！」

「那種走得平穩嗎？」騎士很感興趣的問，說話的當中手臂緊抱著馬脖子，才及時避免了再度落馬。

「比真馬平穩多了。」愛麗絲說，同時發出尖銳的笑聲，雖然她極力想遏止住。

「我要買一隻，」騎士若有所思的自言自語。「一兩隻，好幾隻。」

隨後是短暫的沉默，然後騎士又開始說話。「我很會發明東西。看，我敢說最後一次扶我起來時，你一定有注意到我沉思的表情吧？」

「你那時是有點嚴肅。」愛麗絲說。

「嗯，那時我正發明一種翻過籬笆門的新方法，妳想聽嗎？」

「的確很想。」愛麗絲有禮貌的說。

「我告訴妳，我是怎麼想到的，」騎士說：「妳看，我對自己說：『唯一的困難在於腳，因為頭已夠高了。』現在，我先將頭置於門上，那麼頭的高度就夠了。然後我站在頭上，那麼腳的高度也夠了，妳看，我就過得去了，妳懂了吧。」

「沒錯，我想那樣做的話你是過得去，」愛麗絲思索著說：「但你不認為那很難做到嗎？」

「我還沒有試過，」騎士嚴肅的說：「所以我也說不準，不過恐怕是有點難。」

他看來為此想法感到相當苦惱，於是愛麗絲連忙轉移話題。「你的頭盔真奇怪！」她愉快的說：「那也是你的發明嗎？」

騎士低頭自豪的看著頭盔，它就掛在馬鞍上。「是的，」他說：「不過我曾發明過一個更好的，形狀像個錐形方糖。過去戴它時，假如我摔落馬，它總是直接接觸到地面。因此我摔的距離就很短，但是，也有摔進裡面的危險。有一次就發生過。最糟的是，在我爬出來以前，來了另一位騎士並將它戴上。他以為那是他的頭盔。」

騎士講得一本正經，因此愛麗絲也不敢笑出來。「恐怕你一定弄傷他了，」她聲音顫抖的說：「因為你在他頭上。」

「當然，我踢了他，」騎士很認真的說：「然後他才脫下頭盔，但我花了好幾個小時才爬出來。我快得像……像閃電。」

「這哪叫快！」愛麗絲反駁說。

騎士搖搖頭。「那是我最快的動作了，我向妳保證！」他說。說著這話時他激動的舉起雙手，結果立刻又滾出馬鞍，整個人一頭栽進旁邊的深溝裡。

愛麗絲跑到溝旁找他。她對騎士這一跤感到相當訝異，因為他已有一段時間騎得好好的，而且她也擔心這一次他真的受傷了。不過，當她雖然只看得見他的腳跟，可是卻聽到他語氣如常的說話時，愛麗絲鬆了一口氣。「最快的了，」他重複的說：「但他實在很粗心竟戴上別人的頭盔，而且那人都還在裡面。」

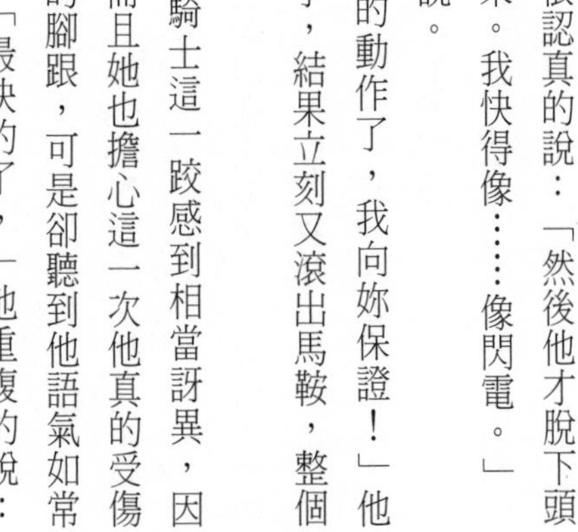

「你這樣倒立著，怎能繼續平靜的說話呢？」愛麗絲問，同時一邊抓著他的腳把他拖出來，讓他坐在溝邊的土堆上。

騎士似乎對此問題頗感訝異。「我的身體正好在哪裡，跟說話有何關係？」他說：「我的頭腦還是一樣在運作。事實上，我越是倒立，就越能不斷發明新東西。「我發明過最巧妙的一種東西，」停了一下後他繼續說：「就是在主菜時間中發明的新布丁。」

「及時的把它做出來供下一道甜點吃？」愛麗絲說：「嗯，那倒是真的很快！」

「嗯，不是下一道要吃，」騎士以緩慢深思的語氣說：「不，當然不是下一道甜點。」

「那麼一定是隔天了。我想你一餐不會吃兩道布丁吧？」

「嗯，也不是隔天，」騎士和先前一樣的重複說：「不是隔天。事實上，」他繼續說，同時低下頭，聲音變得越來越低，「我不認為那布丁有做出來過！事實上，我不認為那布丁將會做得出來！不過那真是個巧妙的布丁。」

「你說它是什麼做的？」愛麗絲問，希望能提振他的精神，因為可憐的騎士看來心情很低落。

「首先用吸墨紙。」騎士低吟著回答。

「那可不太好吧，恐怕……」

「單一項是不太好，」他急切的打斷她的話：「但你不知道和別的東西混合起來後它就完全不同了。例如火藥和封蠟。我必須在此和妳道別了。」他們已走到樹林的盡頭了。

愛麗絲只能一臉的困惑，她還在想著布丁。

「妳看來很傷心，」騎士關心的說：「我來唱首歌安慰妳。」

「很長嗎？」愛麗絲說，因為她那天已聽了許多詩歌了。

「是很長，」騎士說：「不過它很美很美。每個聽過我唱的人，不是流淚，就是……」

「就是什麼？」愛麗絲問，因為騎士突然停頓不語。

「就是沒流淚。這首歌的名字被稱為〈黑線鱈的眼睛〉。」

「喔，那是這首歌的歌名，是吧？」愛麗絲說，盡量表現出感興趣的樣子。

「不，妳不懂，」騎士神情有點煩的說：「那是人們對歌名的稱呼。歌名其實是〈一個老先生〉。」

「那麼我應該說『那是人們對這首歌的稱呼』？」愛麗絲更正說。

「不，妳不該，那完全是兩回事！這首歌被稱為〈做事的方法〉，但那只是對它的稱呼而已，妳知道吧！」

「好吧，那麼，是什麼歌呢？」愛麗絲說，她這時已一頭霧水了。

「我正要說到了，」騎士說：「這首歌其實是〈坐在大門上〉。調子是我發明的。」

說著，他停下馬並且放鬆韁繩讓它落在馬脖子上。然後，用一隻手慢慢打拍子，淺淺的微笑讓他溫和愚笨的臉愉悅了起來，一副陶醉在歌曲旋律中的樣子，他開始唱了起來。

愛麗絲旅遊鏡後的世界所見到的奇怪事物中，這是她記得最清楚的一幕。數年之後她都還能回想起整個景象，彷彿就像昨日重現般，騎士溫柔的藍眼睛與友善的微笑，他髮際間燦爛的夕陽餘暉，以及由他的甲冑反射出來令她眩目的強光。馬靜靜的走動，韁繩鬆垂在牠的脖子上，吃著腳下的青草，還有身後森林的暗影，這一切彷如畫般的映入她眼底，這同時，她一手遮擋眼前的陽光，倚身在一棵樹上，注視這奇特的一對，半夢半醒的聆聽這首歌憂傷的旋律。

「但這曲調不是他自己的發明，」她自言自語說：「那是〈我全給了你，我一無所有〉。」她站在那裡專心的聽，但並沒有流淚。

我將詳述給你聽，
內容其實並不多。
我看到個老先生，
坐在大門上。
我問「你是誰，老先生？」
「你以何維生？」
他的回答流過我腦海，
彷彿水流過漏杓。

他說：「我尋找蝴蝶，
它們睡在麥田間，
將其製成羊肉餅，
出售給別人，」他說，
「那些航於風雨中的人；
此乃我賺錢的方法——
雕蟲小技，你可滿意。」

但我當時忙設計……
將人鬍鬚染為綠，
永遠拿把大扇子……
以便能遮人眼目。
因此，無以回答，
老先生所說的話，
我又叫，「來，說說你以何維生！」
並且重重敲他頭。
他聲調溫和道故事：
他說「我一路往前走，
山中發現一條河，
雄雄火焰引燃它；
人們因而得以製
羅蘭植物性髮油——
他們只付兩便士，
作我辛勞的報酬。」
但我當時忙著想，

三餐皆能吃煎餅，
如此一天又一天，
體重因而增少許。
我左右用力搖晃他，
直到他臉色轉青藍，
「來，說說你以何維生，」我叫道，
「還有你做何工作！」
他說「我在鮮豔石南中，
尋找黑線鱈之眼，
將之製為背心釦，
在那寂寥的夜晚。
這些未賣得金幣，
亦或閃亮的銀幣，
僅得半便士銅幣，
便買九個背心釦。
我時而掘尋奶油餅，
或設黏膠樹枝捕螃蟹；

時而在那青青草丘上
尋找雙輪小馬車。
這些方法（他眨眨眼）
便是我致富來源——
我很樂易乾一杯，
祝閣下您永健康。」

那時我才聽到他，
因我剛完成計畫，
用酒烹煮緬耐橋，
使它免於生鐵鏽。
我向他深致謝意，
教我致富的方法，
但主要是謝他願意，
為我的健康乾一杯。

現在，倘若我碰巧，

手沾膠，
或匆忙將右腳擠進，
左鞋裡。
或掉落重物
腳趾上，
我淚流，因它讓我深憶起，
昔日舊識的老人——
他神情溫和，言談緩緩，
頭髮銀白更勝雪，
五官頗像是烏鴉，
雙眼灼灼似餘燼，
悲痛縈心近發狂，
搖晃身軀不停歇，
咕噥低語聲喃喃，
好似嘴裡含麵團，
鼻子噴息像水牛——
那個夏夜，許久以前，

他坐在大門上。

騎士唱完那首歌謠的最後一句，便拉起韁繩，調轉馬頭朝向他們之前走來的道路離去。「妳只剩幾碼路了，」他說：「走下山坡然後越過小溪，妳就會變成皇后了，但妳會先在此目送我離開吧？」當愛麗絲神情急切的轉望他手指的方向時，他說：「我不會花太多時間的。妳願在此等我走到路上那個轉彎處，然後向我揮手帕嗎？我想那樣子可以給我打打氣。」

「當然，我願意等，」愛麗絲說：「而且謝謝你陪我走這麼遠，還有你的歌，我很喜歡。」

「希望如此，」騎士語氣懷疑的說：「我以為妳會哭，但妳並沒有。」

於是他們握握手，接著騎士便慢慢的策馬走入樹林。「希望目送他離開不會花太久的時間，」愛麗絲一邊看著他，一邊自言自語的說：「他又摔了！跟平常一樣頭摔個正著！不過，他又輕鬆的騎上馬了，那是馬身上掛了許多東西的緣故。」於是她就一邊看著馬悠閒的沿路前進，一邊繼續自言自語，而騎士則不斷摔落馬，一下子從右邊，一下子從左邊。摔了四五次以後他終於到了轉彎處，於是愛麗絲對他揮揮手帕，並一直目送他直到看不見為止。

「我希望這樣做能為他打氣，」她說，同時轉過身跑下山坡：「現在只剩最後一條小溪，然後就可以當皇后！這是件很棒的事！」她走了幾步路後就到達小溪了。

「終於到第八格了！」她一邊跳過去一邊叫，然後讓自己躺在如苔蘚般柔軟的草地上休息，周圍還到處點綴著一些小花圃。「喔，我真高興到達這裡了！但什麼東西在我頭上？」她驚慌的叫道，同時伸手去摸緊圈在她頭上那個很沉重的東西。

「但它怎會不知不覺的就跑到我頭上呢？」她說著，同時把頭上的東西拿起來，放在腿上看看究竟是何物。

結果是一頂金色的皇冠。

9 愛麗絲皇后

「嗯，這真是太好了！」愛麗絲說：「我沒想到這麼快就可當上皇后，還有我告訴妳，陛下，」她接著口氣嚴厲的說（她一向喜歡嚴厲的責罵自己），「這樣懶懶的坐在草地上對妳一點也不合適！妳知道的，皇后必須要有威嚴。」

於是她站起來四處走動。一開始動作僵硬，因為她怕頭上的后冠掉下來，不過她自我安慰的想著，反正沒人看得到她，「而且假如我是真的皇后，」她一邊說一邊又坐了下來，「我總會有時間好好解決這個問題的。」

由於發生的每件事都很奇怪，因此當她發現白皇后和紅皇后就坐在自己的兩邊時，也不覺驚訝了。她很想問問她們是怎麼來的，但又怕這樣不太禮貌。不過，她想，如果問問比賽是否結束了，應該無傷大雅吧。「請問——妳們可否告訴我……」她開口問，同時羞怯的看著紅皇后。

「有人問話才開口！」皇后嚴厲的打斷她的話。

「但如果每人都遵守這條規定，」愛麗絲說，她隨時可以應付一些爭論，「而且只在別人問話後妳才開口，而對方也一直在等妳先開口的話，妳看，那不就沒人說話了嗎，因此……」

「荒謬！」皇后叫道。「唉，妳不懂嗎，孩子……」說到這裡她皺著眉停下來，思考了一會兒後，突然轉變話題。「妳剛剛說『假如妳真是皇后』是什麼意思？妳有什麼權利稱自己為皇后？妳必須等到通過適當的測驗了，才能當皇后。我們越快開始測驗越好。」

「我只是說『假如』！」愛麗絲語氣謙卑的懇求。

兩位皇后對視一眼，然後紅皇后聳聳肩說，「她說她剛剛只是說『假如』。」

「但她說得可不只如此！」白皇后抱怨，同時不停扭絞雙手。「喔，比那多得多！」

「妳就是如此，妳看，」紅皇后對愛麗絲說：「永遠要說真話。說話前先想清楚，事後再寫下來。」

「我肯定我剛剛的意思不是……」愛麗絲才又開口，紅皇后就不耐煩的打斷她的話。「我不滿的就是這點！妳說話要當真！妳認為一個說話沒有意義的孩子有什麼用？即使是笑話也都該具有某種意義。我想，孩子總比笑話重要吧。妳沒有辦法否認，即使你用兩隻手去試。」

「我不會用手去否認事情。」愛麗絲抗議。

「沒人說妳有，」紅皇后說：「我只是說即使妳試了也沒用。」

「她的心態，」白皇后說：「就是想否認某事，只是她不知道要否認什麼！」

「一個討厭、邪惡的脾氣。」紅皇后說。接下來是一兩分鐘尷尬的沉默。

紅皇后打破沉默對白皇后說：「我邀妳今天下午來參加愛麗絲的晚宴。」

白皇后淡淡一笑，然後說：「我也邀請妳。」

「我一點都不知道我要舉行宴會，」愛麗絲說：「如果有的話，我想該由我邀請客人的。」

「我們給過妳做這件事的機會了，」紅皇后說：「我敢說妳禮儀課程上得還不多？」

「課程不教禮儀的，」愛麗絲說：「課程是教妳做算數，和相關知識的。」

「妳會加法嗎？」白皇后說：「一加一加一加一加一加一加一加一加一加一加一加一是多少？」

「我不知道，」愛麗絲說：「我跟不上。」

「她不會加法，」紅皇后打岔說：「妳會減法嗎？八減掉九。」

「我不能把八減掉九，」愛麗絲胸有成竹的回答：「但……」

「她不會減法，」白皇后說：「妳會除法嗎？用刀去除一條麵包，答案是什麼？」

「我想……」愛麗絲開始說，但紅皇后搶先替她說了：「答

案當然是奶油麵包囉。再試一題減法：把一隻狗的骨頭拿走，剩下什麼？」

愛麗絲想了一想。「當然囉，如果我把它拿走的話，骨頭不見了，然後狗也會不見；因為牠會來咬我，然後我肯定我也不會留在那裡！」

「那妳是認為任何東西都不剩了？」紅皇后說。

「我想答案就是如此。」

「還是一樣，錯了，」紅皇后說：「會剩下狗的脾氣。」

「但我不懂何以……」

「唉，注意聽！」紅皇后大聲說：「狗會發脾氣，不是嗎！」

「或許會吧，」愛麗絲謹慎的回答。

「那麼假如狗跑開了，牠的脾氣便會留下來！」皇后得意的說。

愛麗絲盡量嚴肅的說：「他們可能會朝不同的方向跑。」但同時卻禁不住心想，「我們在談什麼亂七八糟的話！」

「她一點都不會做算術！」兩位皇后異口同聲的強調。

「妳會做算術嗎？」愛麗絲突然轉而問白皇后，因為她不想再這樣子被挑毛病了。

皇后喘著氣並閉上眼睛。「我會加法，」她說：「但必須給我時間。不過，在任何情況下，我都不會減法！」

「妳一定會念ＡＢＣ吧？」紅皇后說。

「我當然會。」愛麗絲說。

「我也會，」白皇后小聲的說：「我們將會經常一起念，親愛的。還有我告訴妳一個祕密，我會念只有一個字母的字！那不是很棒嗎！不過，別氣餒。妳早晚也會的。」

這時紅皇后又說話了。「妳會回答實用的問題嗎？」她說：「麵包是怎麼做的？」

「這我知道！」愛麗絲急切的叫道：「你拿一些麵粉……」

「妳從哪裡摘花？（註1）」白皇后說：「花園裡還是樹籬裡？」

「嗯，不是用摘的，」愛麗絲解釋說：「是把它磨成……」

「幾畝地？（註2）」白皇后說：「妳不該遺漏這麼多東西的。」

「搧搧她的頭！」紅皇后焦慮的打岔：「思考這麼多事情後，她會發燒的。」於是她們開始行動，用樹葉幫她搧風，直到她不得不請她們停下來為止，因為風把她的頭髮吹得亂七八糟。

「現在她沒事了，」紅皇后說：「妳懂語言嗎？『費多……的……狄』的法文怎麼說？」

「費多……的……狄，又不是英文。」愛麗絲認真的回答。

註1：英文麵粉「flour」和花「flower」同音，所以皇后和愛麗絲各有所指。

註2：此處作者又用「ground」做「磨」與「地」的雙關語。

「誰說它是英文了？」紅皇后說。

愛麗絲心想這一次她想到個方法脫困了。「如果妳能告訴我費多……的……狄是什麼語言，我就告訴妳它的法文怎麼說！」她得意的大聲說。

但紅皇后身子一挺，然後說：「皇后是不討價還價的。」

「我倒希望皇后永遠不要問問題。」愛麗絲心想。

「我們別爭吵，」白皇后不安的說：「閃電的原因是什麼？」

「閃電的原因，」愛麗絲肯定的說，因為她覺得這一次相當有把握，「是雷聲……不，不！」她急忙更正。「我說的不是這個。」

「來不及更正了，」紅皇后說：「話一旦說出口就算數，妳就必須承擔後果。」

「這讓我想到了，」白皇后說，同時低頭緊張的把手一下子緊握，一下子鬆開，「上週二我們遇到一場好大的雷雨，我說的是上一組週二的其中一天。」

愛麗絲不解。「在我們國家，」她說：「一次只有一天。」

紅皇后說：「那種處理事情的方法可真貧乏單調。在這裡，我們大部分同時有二、三個日夜，有時候在冬天裡我們甚至將五個夜晚聚在一起過——就是為了溫暖。」

「那麼，也就是說五個夜晚比一個夜晚溫暖？」愛麗絲大膽的問。

「溫暖五倍。」

「但依此原則，它們也就冷五倍——」

「就是如此！」紅皇后說：「溫暖五倍，也寒冷五倍——就像我比妳富有五倍，且比妳聰明五倍！」

愛麗絲嘆口氣放棄了。「就跟沒有謎底的謎語一模一樣！」她心想。

「蛋人也看到了，」白皇后低聲接著說，樣子好像在自言自語。「他手拿瓶塞鑽來到門前……」

「他想要什麼？」紅皇后問。

「他說他想進來，」白皇后繼續說：「因為他在找一隻河馬。但，事實是，那天早上，屋裡並沒有這種東西。」

「通常會有嗎？」愛麗絲驚訝的問。

「嗯，只在禮拜四。」皇后說。

「我知道他為什麼來，」愛麗絲說：「他想處罰那隻魚，因為……」

這時白皇后再度開口。「那場雷雨真是大，妳想都想不到的！（「妳知道她永遠沒辦法的！」紅皇后說。）而且一部分的屋頂掉下來，然後許多閃電都跑進來，大團大團的在屋裡滾動，並撞翻了桌子和其他的物品，後來我害怕得都記不得自己的名字了！」

愛麗絲心想，「我在意外中才不會試著去記住自己的名字！那有什麼用？」但她不敢說出來，以免傷了可憐皇后的心。

「陛下，必須原諒她，」紅皇后對愛麗絲說，同時握住白皇后的一隻手，輕輕的撫摸它：

「她是出於好意，但通常她會不由自主的說些傻話。」

白皇后怯生生的看著愛麗絲，愛麗絲覺得自己應該說點安慰她的話，但那時她就是想不出要說些什麼。

「她成長的環境並不好，」紅皇后繼續說：「但她的脾氣真是好得驚人！拍拍她的頭，她會很高興！」但愛麗絲可不敢這麼做。

「仁慈一點，用紙將她的頭髮包起來，會有意想不到的效果。」

白皇后嘆了一口氣，然後將頭枕在愛麗絲肩上。「我好睏！」她低吟著說。

「她累了，可憐的人！」紅皇后說：「撫摸她的頭髮，把妳的睡帽借給她，唱首搖籃曲哄她。」

「我身邊沒帶睡帽，」愛麗絲說，同時試著照第一條指示去做：「我也不會唱任何的搖籃曲。」

「那麼，我只好自己唱了。」紅皇后說著，便開始唱：

輕輕睡吧小寶貝，睡在愛麗絲腿上！
睡到宴會準備好，時間還夠打個盹；
等到晚宴結束後，我們再參加舞會——
紅皇后，白皇后，愛麗絲，和所有的人！

「現在妳知道歌詞了，」她接著說，同時把頭枕在愛麗絲另一邊的肩上，「唱給我聽吧。我也睏了。」不一會兒兩位皇后便都入睡，並大聲打鼾。

「我該怎麼辦？」愛麗絲大聲說，困窘的到處張望，這時兩個皇后的頭相繼滑下她的肩膀，然後像一大塊肉似的睡在她腿上。「這種一個人必須同時照顧兩位皇后的情形，想必從沒發生過吧！不，整個英國史上都沒有。不可能，你知道的，因為從來不曾同時有一位以上的皇后。醒醒，妳們這兩個沉重的東西！」她語氣不耐煩的接著說；但除了輕輕的鼾聲以外並無回音。

鼾聲隨著時間變得越來越遙遠，而且聽起來越來越像一首曲子，最後她甚至聽得出歌詞，她聽得很專心，以致當兩顆大頭從她腿上突然消失時，她一點也不在意。

她變成站在一扇拱門前面，門上寫著愛麗絲皇后幾個大字，拱門兩邊各有一個門鈴拉把；一個寫著「訪客鈴」，另一個寫著「僕人鈴」。

「我要等到歌聲結束，」愛麗絲想，「然後拉……那個……我該拉哪個鈴？」她接著說，對那些名稱感到很困惑。「我不是訪客，也不是僕人。應該要有個鈴寫著『皇后』。」

就在那時門開了一點，一隻有著長長鳥嘴的生物探頭出來看了一下說：「下下禮拜才准進

入！」接著就砰一聲把門關上。

愛麗絲又敲門又拉鈴了好久都沒有用，最後一隻原本坐在樹下的老青蛙，站起來蹣跚的走向她。他一身鮮黃色的衣服，而且穿著一雙大靴子。

「現在，怎麼了？」青蛙用低沉粗啞的嗓音輕聲的說。

愛麗絲轉過身來，準備責怪人。「負責應門的僕人哪裡去了？」她生氣的說。

「哪扇門？」青蛙說。

愛麗絲差點被他說話慢吞吞的樣子氣得跺腳。「當然是這扇門囉！」

青蛙用他大而了無生氣的眼睛看了那扇門一下，然後靠近一點用大姆指擦擦它，好像在試試漆會不會掉的樣子；然後看著愛麗絲。

「回答這扇門？（註）」他說：「它問了些什麼？」他說話的聲音極其粗啞，以致愛麗絲都聽不清楚。

註：青蛙將愛麗絲說的「應門，answer the door」誤解為「回答門」。

「我不懂你說什麼，」她說。

「我說的是英文，不是嗎？」青蛙繼續說。「或者妳耳聾了？它問妳什麼？」

「什麼也沒有！」愛麗絲不耐煩的說：「我剛剛一直在敲它！」

「不該那麼做……不該那麼做……」青蛙咕噥的說：「沒有用，妳知道的。」於是他走向前去用他的一隻大腳用力一踢。「妳不理它，」他一邊蹣跚走回樹下一邊喘著氣說，「它也就不理妳。」

這時門忽然打開了，裡面傳來尖銳的歌聲：

愛麗絲對鏡後的世界說：

『我權杖在手，后冠在頂，

讓鏡子生物，不分種類，

皆來與紅皇后，白皇后，及我共餐！』

然後數百個聲音加入合唱：

那麼盡快注滿酒杯，

桌面撒上小蕈與麥麩：

咖啡裡放貓，茶裡放老鼠——
為愛麗絲皇后歡呼三十乘三次！

然後是一片混亂的歡呼聲，愛麗絲於是心想，「三十乘三是九十次。我懷疑是否有人在數？」接著靜默了一下，然後同一個尖銳的聲音又唱另一節歌詞：

「鏡子生物啊，」愛麗絲說：「靠過來吧！
見我是榮耀，聽我是恩寵：
與紅皇后，白皇后，及我共餐飲茶，
更是至高的殊榮！」

然後合音又起：

那麼杯中斟滿糖蜜與墨汁，
或者任何美味的飲料；
果汁摻沙，酒中摻羊毛——
為愛麗絲皇后歡呼九十乘九次！

「九十乘九次！」愛麗絲絕望的重複說：「喔，那可永遠沒完沒了！我最好立刻進去。」於是她走了進去，結果她一出現立刻一片死寂。

愛麗絲邊走進大廳，邊緊張的沿桌瀏覽，發現裡面大約有五十位客人，各式各樣的，有些是動物，有些是鳥類，其中甚至還有一些花。「我很高興他們都不請自來了，」她想：「要不然我可不知道該請誰才對！」

桌子盡頭有三張椅子；紅皇后和白皇后就已坐去了兩張，但中間的那張是空著的。愛麗絲便在那張椅子上坐了下來，同時對眼前一片沉默感到相當不自在，很希望能有人說說話。

最後紅皇后開口了。「妳已錯過了湯和魚，」她說：「端肉上來！」於是侍者在愛麗絲面前擺上一隻羊腿，愛麗絲相當不安的看著它，因為她向來不需要自己切肉。

「妳看來有點害羞；我幫妳介紹那隻羊腿，」紅皇后說：「愛麗絲，這是羊肉；羊肉，這是愛麗絲。」那隻單腿站在盤中向愛麗絲微微一鞠躬；愛麗絲也向它回個禮，不曉得是該感到害怕還是好笑。

「我可以幫妳們切一片嗎？」她說，同時拿起刀叉，一一地看著兩位皇后。

「當然不可以，」紅皇后斬釘截鐵的說：「去切妳已經被介紹認識的東西是不禮貌的。把肉拿走！」侍者端走羊肉，然後換上一大盤梅子布丁。

「不要介紹我和布丁認識，拜託，」愛麗絲急忙說：「要不然我們都吃不到晚餐了。我切一些給妳好嗎？」

但紅皇后一臉不高興，並咆哮著說：「布丁，這是愛麗絲！愛麗絲，這是布丁。撤下布丁！」於是侍者立刻拿走布丁，動作快得使愛麗絲都來不及回禮。

不過她不懂，何以紅皇后才是唯一可以發號施令的人，因此，她試驗性的叫了聲「侍者，把布丁端回來！」結果它立刻又出現了，就好像在變戲法般。布丁大得令她不免有點不好意思，就跟她見到羊肉時的情形一樣；不過，她努力克服了自己的羞怯，並切下一片遞給紅皇后。

「真是粗野！」布丁說：「假如我從妳身上切下一片肉，妳可會喜歡，妳這個畜牲！」它說話的聲音又濃又黏，而愛麗絲一句話也答不出來，她只能坐著注視它並喘著氣。

「說說話，」紅皇后說：「全讓布丁一個說話是很可笑的！」

「你知道嗎，我今天聽了好多的詩，」愛麗絲開口說，同時有點震驚的發現，她一開口，四下立刻一片死寂，而且所有的眼睛都盯著她看，「而且我認為很奇怪的是……每首詩或多或少都和魚有關。妳知道在這裡的人，他們為何那麼喜歡魚嗎？」

她這話是對著紅皇后說的，而後者的回答又似乎有點答非所問。「說到魚，」她又慢又莊嚴的說，同時將嘴巴湊近愛麗絲的耳朵，「白皇后知道一則可愛的謎語，用詩寫成的，跟魚有關。要她念嗎？」

「紅皇后真好，能提到這件事。」白皇后也在愛麗絲耳邊喃喃的說，聲音好像鴿子的咕咕聲一樣。「這真是一大榮幸！我可以念嗎？」

「請念。」愛麗絲很禮貌的說。

於是白皇后開心的笑了，並摸摸愛麗絲的臉頰。然後開始念：

「首先，須捕到魚。」
那很容易，一個小孩，我想，都抓得到。
「再來，要買到魚。」
那很容易：花一便士，我想，就可買到魚。

「現在煮魚給我吃！」
那很容易，而且花不了一分鐘。
「把它放在盤子裡！」
那很容易，因它已經在盤子中。

「端過來！讓我吃！」
那很容易，盤子放桌上就可以。
「現在將盤蓋掀開！」
啊，這可難了，恐怕我無法做到！

因它緊抓如黏膠，
緊抓蓋子覆盤上，而它就躺在其中：
哪件事最易達到，
掀開魚盤蓋，或將謎語蓋其中？

「想一下，然後猜猜看，」紅皇后說：「同時，我們將為舉杯祝妳健康——祝愛麗絲皇后健康！」她以最尖銳的聲音喊出來，然後所有的客人立刻開始喝酒，但他們喝的方式很怪異：有些把酒杯像滅火器般的放在頭上，然後喝流到臉上的酒；有些將酒瓶倒放，然後喝從桌子邊緣流下來的酒；其中有三位（看起來像袋鼠）擠到烤羊肉的盤子上，開始饑渴的舔肉汁，「像食槽中的豬一樣！」愛麗絲心想。

「妳應該致簡短的謝詞。」紅皇后說，同時皺眉看著愛麗絲。

「我們會支持妳。」白皇后輕聲的說，這時愛麗絲很順從的站起來照做，但心裡有點害怕。

「很感謝你們，」她小聲的回答：「但沒有的話我也可以過得很好。」

「一點都不對。」紅皇后斷然的說。因此愛麗絲試著欣然服從。

（「但她們擠得很厲害！」事後描述這宴會過程給姐姐聽時，她說：「妳會認為她們想將我擠扁！」）

事實上在她說話的同時，她就很難站在原處，兩位皇后，一邊一個，緊緊的擠壓她，都快把她擠到空中了：「我起身致謝……」愛麗絲又開始說，而她的身體在說話的同時也的確升起來了，離地數英吋；不過她緊抓住桌子邊緣，設法把自己再拉下來。

「自己保重！」白皇后尖叫，兩手抓住愛麗絲的頭髮。「有事情要發生了！」

然後（據愛麗絲事後描述）所有的事都在一瞬間發生了。蠟燭長到天花板那麼高，看起來就像一叢頂端有煙火的燈心車。至於瓶子，

則都各拿起一對碟子，急忙裝在身上當翅膀，然後，用叉子當雙腿，四處疾走：「它們看來真像鳥。」愛麗絲在這場即將開始的可怕混亂中，盡可能的思考。

這時她聽到身邊傳來粗糙的笑聲，便轉過頭去看看白皇后怎麼了；但看到的不是皇后，而是一隻羊腿坐在椅子上。「我在這裡！」湯碗裡傳來聲音大喊著，愛麗絲於是又轉過身去，正好及時看到皇后那張溫和的大臉在湯碗邊對她笑了一下，然後就消失在湯裡了。

已沒有多少時間好浪費了。有數位客人已躺在盤裡，而湯杓則走上桌子朝愛麗絲的椅子走去，並且不耐煩的招手叫她別擋路。

「我再也受不了了！」她叫著，同時跳起來兩手抓住桌巾，用力一拉，然後碟子、盤子、客人和蠟燭通通在地板上摔成一堆。

「至於妳，」她繼續說，並憤怒的轉向紅皇后，認為她是這場惡作劇的罪魁禍首。但皇后也已不在她身邊，她突然縮成小洋娃娃的大小，此刻正在桌上，高興的追著拖曳在自己身後的披肩團團轉。

如果是在其他時候，愛麗絲便會對此感到驚訝，但現在的她已激動得對任何事都不會感到驚訝了。「至於妳，」她又說了一遍，然後在這個小東西跳過一個剛落在桌面上的瓶子時，一把抓住了她，「我要把妳搖成一隻小貓，我一定要！」

10 搖晃

她一邊說一邊將她從桌上抓下來，然後使盡力氣前後搖晃她。

紅皇后一點也沒有反抗；只是她的臉變得很小，而眼睛則變得又大又綠。而當愛麗絲繼續搖晃她時，她不斷的變矮……變胖……變軟……變圓……而且……

11 甦醒

……而竟然，她的的確確成了隻小貓。

12 是誰做的夢

「紅陛下，妳不該這麼大聲嗚嗚叫。」愛麗絲一邊揉著眼睛，一邊態度恭敬，但有點嚴厲的對貓咪說。「你把我吵醒了喔！多棒的夢境！而你一直跟著我，貓咪，進入鏡後的世界。你知道嗎，親愛的？」

貓有一種很不方便的習慣（愛麗絲有一次這麼說），就是，不管你對牠們說什麼話，牠們都只會嗚嗚叫。「真希望牠們可以用嗚嗚叫表達『是』，用喵喵叫表達『不是』，或任何類似規則的話，」她說：「如此就可以繼續對話了！但如果一個人都只說同一句話，你怎麼跟他談話呢？」

這時貓咪還是低聲嗚嗚叫，因此也就無法猜出牠的意思究竟是「是」或「不是」。

於是愛麗絲搜索桌上的棋子直到找出紅皇后。然後她跪在爐前的地氈上，將貓咪抓過來和皇后對視。「現在，貓咪！」她大叫，一邊得意的拍手。「承認你剛剛就是變成她！」

（「但貓咪就是不肯看著棋子。」事後當她解釋這情形給姐姐聽時，她說：「牠把頭轉開，假裝沒有看到它，但牠看起來似乎不太好意思，所以我認為牠必定就是紅皇后。」）

「坐挺一點，親愛的！」愛麗絲高興的笑著說：「還有當你思考要嗚嗚叫時，什麼時候要屈膝行禮。記得，同時做，這樣可以節省時間！」然後她抱起貓咪並輕輕的親牠一下，「為紀念牠曾是紅皇后。」

「雪球，我的寵物！」她接著回過頭看著小白貓說，牠此時還耐心的接受梳洗，「我懷疑，狄娜何時才能幫白陛下梳洗好？這一定就是你在我夢中那麼不整齊的原因了，狄娜！妳知道妳正在擦洗白皇后嗎？真的，妳這樣實在很不敬！」

「還有，不曉得狄娜變成誰？」她邊說話，邊舒服的坐下來，一隻肘倚在地氈上，托著下巴，眼睛看著那些貓。「告訴我，狄娜，妳是不是化身為蛋人呢？我想妳是的。不過，妳最好還先不要向妳的朋友提這件事，因為我也不太確定。

「此外，貓咪，要是你真的和我一起在夢境裡，有一件事你會很喜歡，就是我聽到很多的詩，都和魚有關！明天早上你會好好的吃一餐。在你吃早餐的同時，我將念〈海象與木匠〉給你聽，然後你就可以假裝你的早餐是牡蠣，親愛的！

「現在，貓咪，我們來想想，到底這些是誰作的夢。這是個嚴肅的問題，親愛的，你不該那樣子一直舔腳掌，好像狄娜今早還沒幫你梳洗過似的！貓咪，這場夢的始作俑者要不是我，

就是紅國王，他是我夢境中的一部分，但我可能也是他夢境裡的一部分！是不是紅國王呢？貓咪，你是他的妻子，親愛的，因此你應該知道的。喔，貓咪，請幫我弄清楚！我肯定你的腳掌可以等一下再舔的！」但那隻惱人的貓咪只是繼續舔另一隻腳掌，假裝沒聽到這個問題。

你認為是哪一個做的夢呢？

晴日之下一扁舟，
如夢如幻緩前行，
於七月中一黃昏——

偎依身旁三孩童，
眼神熱切耳傾聽，
乞求聽個小故事——

時間淡白了晴日：
回聲褪逝記憶杳。
秋日寒霜亡七月。

她身影依然縈繞，
愛麗絲幻影遨遊，
清醒之眼見不著。

孩童仍將緊相依，
眼神熱切耳傾聽，
滿心喜悅聽故事。

他們躺臥奇境裡，
夢裡不覺時日遠，
夢裡不覺夏日逝：

依然沿溪順流漂，
徘徊金黃光影中——
生命，不是夢是啥？

GOBOOKS
& SITAK
GROUP©